Arena-Taschenbuch

Band 2352

Erich Ballinger (1943–2002)
wurde in Graz geboren. Er studierte Pädagogik, war einige Zeit als Lehrer in den USA tätig und unternahm Reisen durch Südamerika. Anschließend unterrichtete er viele Jahre lang an Volksschulen in der Weststeiermark und begann Bücher für Kinder zu schreiben und zu zeichnen.
Seit 1992 war er freiberuflicher Autor und Illustrator.
Seine Bücher wurden vielfach ausgezeichnet und übersetzt.
»Der Gletschermann« kam 1993 auf die Ehrenliste des Österreichischen Kinder- und Jugendbuchpreises.

Von Erich Ballinger ist als Arena-Taschenbuch erschienen:
Der Höhlenmaler (Band 2253)

Der Gletschermann

Erich Ballinger

Ein Steinzeit-Krimi

Mit Illustrationen des Autors

Arena

In neuer Rechtschreibung

2. Auflage als Arena Taschenbuch 2009
Lizenzausgabe des Verlag Carl Ueberreuter

Umschlagillustration: Klaus Steffens
Innenillustrationen: Erich Ballinger
Umschlagtypografie: knaus. büro für konzeptionelle und visuelle identitäten, Würzburg
Gesamtherstellung: Westermann Druck Zwickau GmbH
ISSN 0518-4002
ISBN 978-3-401-02352-6

www.arena-verlag.de

Inhalt

Fremd

Füße gehen, gehen gleichmäßig und rasch. Füße treten auf Stein, auf Moos, dann wieder auf Stein. Die Füße gehen bergan. Steigen über morsche, umgefallene Baumstämme, springen über kleine Bäche. Die Füße sind in Leder gekleidet. Das Leder ist alt und rissig. Das Leder hat Löcher. Zehen schauen heraus. Die Ledersohle ist dünn und der Fuß spürt jedes Steinchen. Doch die Füße gehen. Bei jedem zweiten Schritt schlägt der Köcher mit den Pfeilen an die Hüfte. Bogen und Köcher hängen an der Schulter und schlagen Takt. Gehen, gehen, gehen ...
Augen sehen die Füße, die gehen. Augen sehen den Mann, der geht. Augen von Menschen, in sicherem Abstand, gut versteckt hinter Büschen, Bäumen, Steinen, beobachten den Mann. Wachsame, misstrauische Augen folgen dem, der geht.
Der Mann sieht die Augen nicht. Er folgt dem Bach. Seine Füße suchen den kaum erkennbaren Pfad. Bergan

windet sich der Weg. Umgeht große Steine, schlängelt sich zwischen Bäumen, quert Bäche, ist von Dornenranken überwachsen. Der Weg wird steiler, der Fuß rutscht. Die Hände müssen beim Gehen helfen. Der Atem des Mannes geht kurz und schwer. Das Gehen wird ihm schwer. Die Füße werden schwer, gehen langsamer. Die Füße sind müde. Die Füße bleiben stehen.

Bal-Bes bleibt stehen. Bal-Bes ist müde. Er legt Bogen und Köcher ab und setzt sich hin. Er streckt die Beine aus, streckt den ganzen Körper aus. – Tut gut. Muskeln entspannen sich, der Atem wird ruhiger. Ruhe tut gut.

Auch die wachsamen Augen, die Bal-Bes gefolgt sind, bleiben stehen. Sie warten, sie beobachten.

Bal-Bes schließt die Augen. Hinter geschlossenen Augen sieht Bal-Bes seine Füße gehen. Er sieht sie, wie sie über Steine, Gras, Moos, Wurzeln und wieder über Steine gehen. Er sieht den umgestürzten Baumstamm, sieht Bäume, deren Blätter gelb und rot und braun geworden sind. Er sieht weiße Bergspitzen, die höher werden, je länger Bal-Bes in das Tal hineingeht. Bal-Bes sieht den Bach. Immer wieder den Bach, den er entlang talauf gegangen ist. Der Bach hat viele kleine Kinder: kleine Bäche. Die Kinder kommen von den Bergen, spritzen über Felsen und laufen zur Mutter. Mutter Bach ist selbst Kind, läuft selbst zur Mutter, läuft zum großen Grünen Fluss.

Vor zwei Tagen, bei Sonnenaufgang, war Bal-Bes noch selbst beim Grünen Fluss. Seither ist er gegangen, den Bach entlang, der hinauf in die Berge führt. Zwei Tage ist

er gegangen, hat in der Nacht unter Bäumen geschlafen. Nun wird es wieder bald dunkel.
Die Tage vorher, viele, viele Tage vorher, war er den Grünen Fluss aufwärts gegangen und weiß, dass selbst der Grüne Fluss Kind ist. Kind von Dau-Kall, der großen Mutter aller Flüsse. Sie scheint stillzustehen, so groß und schwer ist Dau-Kall, so langsam bewegt sie sich. Doch sie fließt – wohin, weiß Bal-Bes nicht. Bäche und Flüsse fließen, ohne müde zu werden, immerfort.
Bal-Bes ist müde. Nicht nur müde vom heutigen Gehen, müde vom jahrelangen Gehen. Müde vom Fortgehen, vom Immer-wieder-Fortgehen wie Bach und Fluss. Bal-Bes beneidet den See, der nicht fortgehen muss, der stillsteht. Bal-Bes möchte stillstehen, möchte See sein . . .
Bal-Bes ist eingeschlafen.
Am Ende des Tales, hoch oben in den Bergen, liegt Eis, das nie vergeht. Os nennen es die Menschen. Os hat viele kalte Zungen, mit denen sie die hohen Täler der Berge beleckt. Wo sie sind, gibt es kein Leben. Os tötet Leben. Manchmal wächst Os und schiebt ihre Zungen weit herunter in grüne Täler und vertreibt Menschen und Tiere. Zu anderen Zeiten schrumpft Os, macht sich klein und zieht sich zurück, hinauf, bis in die höchsten, steinigen Höhen. Aber nie verschwindet Os ganz. Os ist immer.
Jetzt, nach dem langen Sommer, ist Os grau, schmutzig und abgemagert. Os ist hungrig, hat lange nichts gegessen. – Os frisst Menschen und Tiere. Erst nach vielen, vielen Jahren gibt Os ihre Beute wieder her. Spuckt sie aus. Die Körper ihrer Opfer sind gut erhalten, aber sie

sind tot. Os frisst Leben. – Jetzt wartet Os auf frische Beute, ist hungrig auf Leben.
Auf einem Felsen nahe Os' Zunge sitzt ein Adler. Er stößt einen hohen Schrei aus, stürzt sich hinunter und breitet die Flügel aus. Die großen Flügel fangen den Sturz auf und langsam schwebt der Vogel über Os, über Felsgipfel, über Schluchten und Täler. Er schlägt nicht mit den Flügeln, hält sie nur ausgebreitet. Winde, die aufwärts blasen, halten den Adler hoch in der Luft. Der Adler kreist und hält Ausschau nach Beute. Nach eigener Beute, aber auch nach Beute für Os.
Tief unter ihm, in dem einsamen Bergtal, sieht der Adler den Menschen. Ganz klein sieht der große Vogel den Menschen. Der Mensch liegt auf weichem Moos und schläft. Noch ist er weit entfernt von Os, doch wenn er aufwacht, wird er weitergehen, auf Os zu. Jeder Schritt wird ein Schritt näher zu Os sein. Wieder ein Schrei des Adlers – jetzt weiß Os, dass Beute unterwegs ist. Noch schlafend, noch weit weg –, aber Os kann warten.

Noch schläft Bal-Bes. Die Augen, die Bal-Bes sehen, schlafen nicht. Sie kommen näher. – Ein dürrer Zweig knackt. Ein losgetretenes Steinchen kollert. – Bal-Bes erwacht und setzt sich auf. Schritte kommen näher. Drei Gestalten tauchen aus dem Dämmerschatten auf. Werden größer, kommen auf ihn zu. Drei Männer sind es, die auf ihn zukommen und einige Schritte vor ihm stehen bleiben. Pfeile sind in den Sehnen ihrer Bogen. Groß und drohend stehen die Männer da.

Bal-Bes bleibt ruhig sitzen, lässt die Hände von den Waffen. Hütet sich, den Bogen zu ergreifen – die Pfeile der anderen wären schneller. Keiner spricht. Jetzt ist nicht Zeit zum Sprechen, jetzt ist Zeit zum Sehen.
Die drei Männer vor Bal-Bes sind Jäger, kommen von der Jagd. Sie sind in Leder gekleidet und tragen Jagdwaffen. Einer trägt ein erlegtes Reh auf den Schultern. Der größte unter ihnen hat sein langes schwarzes Haar in dünne Zöpfe geflochten. Die roten Haare des Fuchses, Muscheln und Federn sind in die Zöpfe eingeflochten. Der Mann ist hager. Die schwarzen Augen liegen tief in den Höhlen. Die Augen glänzen fiebrig. Die Augen flackern.
Bal-Bes kennt Menschen mit flackernden Augen. Er hütet sich vor flackernden Augen.
Flackerauge legt Pfeil und Bogen weg, hebt die Hände und zeigt die leeren Handflächen. Zeigt, dass er keine Waffe in der Hand hält. Auch Bal-Bes hebt die Hände und zeigt die Handflächen. So ist es Brauch, wenn Fremde einander begegnen. Der Hagere macht einen Schritt auf Bal-Bes zu, verbeugt sich und setzt sich hin. Langes Schweigen. Beide starren einander in die Augen. Dann spricht der Mann mit dem flackernden Blick:
»Acqtag nennen mich die Menschen meines Stammes. – Beth, die Sonne, ist hinter die Großen Berge gegangen. Bald kommt die Nacht. Die weißen Wolken steigen aus dem Wasser und tragen mit sich die Geister des längst Vergangenen. Es ist Zeit, in die Hütte zu gehen. Acqtag ist auf dem Weg zu seiner Hütte.«

Bal-Bes wartet einen Augenblick mit der Antwort und sagt dann: »Bal-Bes nennen mich die Menschen. – Acqtag hat richtig gesprochen. Beth, die Sonne, gibt uns kein Licht mehr. Bald kommen Dunkelheit, Kälte, Gefahr und Angst. Es ist Zeit, in die Hütte zu gehen. Bal-Bes, der von weit her gekommen ist, hat keine Hütte. Bal-Bes ist fremd. Bal-Bes wird unter den Bäumen schlafen.«

Kurzes Schweigen. Zeit, zu denken. Dann sagt Acqtag: »Groß ist der Stamm der Tau-Tau. In unseren Hütten wohnen viele Menschen. Aber unsere Hütten sind groß und haben auch Platz für einen, der von weit her gekommen ist. Die Hütten der Tau-Tau haben Platz für den Fremden, haben Platz für Bal-Bes.«

Bal-Bes legt die Hand auf die Brust und verbeugt sich. Acqtag legt die Hand auf die Brust und verbeugt sich. So ist es Brauch. So ist es Brauch, wenn Einigkeit herrscht.

Vier Männer gehen durch die Dämmerung. Gehen hintereinander. Zuerst Acqtag. Dann der Mann mit dem Reh auf den Schultern. Dann Bal-Bes. Dann ein Jäger, den Bogen schussbereit, den Pfeil auf Bal-Bes' Rücken gerichtet.

Der Weg entfernt sich vom Bach, steigt steil zur Bogenhand an. Der Hang wird felsig. – Doch nicht weit ist der Weg zu den Hütten. Bald sieht Bal-Bes Feuerschein, dann hört er das Bellen der Hunde. Als die Männer aus dem Wald treten, wird der Weg flacher. Jetzt sieht Bal-Bes die Hütten. Nicht weit vor ihm hocken sie da, auf einem ebenen Vorsprung im Hang. Bei den Hütten ist es

ruhig. Feuer scheint aus den Toren. – Acqtag bleibt stehen. Er zeigt auf die Hütten.
»Hier. Unsere Hütten. Der Platz der Tau-Tau. Der Platz der Steinbockmenschen. Warte!«
Acqtag schickt den Mann mit dem Reh auf den Schultern voraus. Er soll die Ankunft des Fremden melden. Nicht lange bleibt es ruhig bei den Hütten. Bald hört Bal-Bes die Trommeln schlagen. Schwer und langsam schlagen die Trommeln. Sie sagen: »Ein Fremder kommt! – Kommt und seht ihn. Wir wollen beraten, was mit ihm geschehen soll.« – Die Hunde bellen lauter, Menschen rufen. Menschen kommen mit brennenden Spänen in der Hand aus den Hütten, laufen zwischen den Hütten, sammeln sich auf dem großen Platz. Warten ungeduldig. – Dann wird es ruhig, die Trommeln schweigen.
»Komm jetzt«, sagt Acqtag, »die Tau-Tau warten!«

Als sie näher kommen, machen die Menschen Platz, um Bal-Bes durchzulassen. Niemand spricht. Nur Augen sprechen. Viele Augen sehen Bal-Bes an. Augen von Kindern, weit geöffnet, staunend. Augen von Männern und Frauen, neugierig, abschätzend. Zusammengekniffene Augen, misstrauisch, ablehnend. Kalte Augen, feindlich. Wenige freundliche Augen. – Keine Hand berührt Bal-Bes. Nur Augen tasten. Viele Augen tasten Bal-Bes ab. Betasten die alte Lederkleidung, das löchrige Leder an seinen Füßen, die große Tasche auf seinem Rücken. Augen sehen sein Messer aus Stein, seinen Bogen, seinen

Köcher mit den Pfeilen. Viele Augen bleiben hängen an seinem Beil mit dem langen Schaft. Starren auf das rot glänzende Metall seiner Klinge. Augen sehen sein kurz geschorenes Haar, sein Gesicht, das von Sonne, Wind und Regen gegerbt ist. Augen sehen seine Augen. Bal-Bes blickt zu Boden.

Der Gang, den die Menschen freigeben, führt Bal-Bes zur großen Hütte. Zur Hütte der Versammlung und des Rats. Zum Haus des Häuptlings.

Die Wände sind aus dicken Baumstämmen ohne Fenster, nur ein niedriges Tor gibt Einlass. Weit zieht sich das strohgedeckte Dach herunter, berührt fast den Boden, will das Haus verstecken. Auf dem Dach wachsen Moos und Gras. Niedrig, aber breit und lang hockt die Hütte vor Bal-Bes. Hockt da wie eine Kröte. Geduckt lauert das Krötenhaus auf Bal-Bes. Über dem Tor hängt der gebleichte Schädel des Steinbocks. Die leeren Augenhöhlen blicken auf Bal-Bes. Die großen, gekrümmten Hörner drohen. Drohen, jeden wegzustoßen, der nicht in die Hütte kommen soll. – Bal-Bes zieht den Kopf ein und krümmt den Rücken. Er geht durch das Tor. Steigt einige Stufen tiefer. Richtet sich wieder auf. Er steht im großen Versammlungsraum, steht im Bauch der Kröte.

Nur einen großen Raum hat die Hütte. So groß, dass Bal-Bes kaum das andere Ende sieht. Die Wände sind schwarz, schwarz ist das Gebälk über ihm. Eine Krähe sitzt auf einem verrußten Balken, schlägt mit den beschnittenen Flügeln und krächzt. – Ein Feuer brennt in der Mitte des Raums. Männer sitzen im Halbkreis um

das Feuer. Sitzen auf dem Boden, nebeneinander, in der Form des Steinbockhorns. Groß wirft das Feuer die Schatten der Männer an die Wände. Die Schatten tanzen. Schwarze Schatten tanzen an schwarzen Wänden. Rauchschwaden hängen in der Luft.
Hinter Bal-Bes drängen sich Menschen herein. Frauen, Männer, Kinder. Setzen sich entlang den Wänden auf den Boden. Mehr und mehr Menschen kommen. Alle finden Platz. Der Kreis ist geschlossen. Bal-Bes steht in der Mitte. Alle Augen sind auf ihn gerichtet. Niemand spricht. Einer hustet. Dann Stille. Nur das Feuer knistert.
Ein Mann im Kreis sitzt erhöht. Sitzt auf einem Berg von Fellen. Er überblickt alle. Seine Haare sind grau, seine Haut ist gelb, das Gesicht aufgedunsen und schwammig. Die Decke um seine Schultern ist rot. Um seinen dicken Hals hängen Ketten aus Stein und Knochen. Er hat nur ein lebendes Auge. In der toten Augenhöhle steckt ein runder Stein. Auf den Stein ist ein Auge gemalt. Das Steinauge ist auf Bal-Bes gerichtet, das lebende gibt Acqtag ein Zeichen.
Acqtag steht auf. Er spricht laut und alle hören seine Stimme.
»Hier. Das ist Bal-Bes. Bal-Bes ist von weit her gekommen. Die von weit her gekommen sind, haben keine Hütte. In den Hütten der Tau-Tau ist Platz. Bal-Bes soll in unseren Hütten schlafen. Ich bürge für ihn. So ist es Brauch.«
Alles blickt auf den Mann mit dem steinernen Auge. Das blinde Auge ist aufs Feuer gerichtet, das sehende auf

Bal-Bes. Die Krähe über Bal-Bes krächzt. Steinauge spricht:
»Ja, so ist es Brauch. Aber: Das Leben der Tau-Tau ist gefährlich. Böse Träume schweben von den hohen Bergen zu uns herab. Unheil bringende Geister entsteigen dem Wasser. Um uns wohnen viele wilde Tiere. Doch die größte Gefahr droht vom Menschen. Viele Stämme sind uns feindlich gesinnt. – Darum werden wir bedenken und prüfen, ob Bal-Bes, der von weit her gekommen ist, uns kein Unheil bringt. So spricht Tanist, Häuptling der Tau-Tau, Ratgeber der Steinbockmenschen.«
Tanist trinkt lange aus einem Tonbecher. Dann setzt er ab, wischt sich mit einem Zipfel der Decke über den Mund und blickt auffordernd in die Runde. Das steinerne Auge scheint auf Bal-Bes zu schielen.
Ein Mann mit langem schwarzem Bart erhebt sich. Bal-Bes erschrickt vor der Größe des Mannes. Einen größeren Menschen hat Bal-Bes noch nie gesehen. Ein Bärenmensch, ein Riese. Sein Kopf berührt fast den untersten Querbalken der Hütte. Der Raum ist kleiner geworden. Die tiefe Stimme des Riesen dröhnt: »Bal-Bes, woher kommst du?«
»Vor zwei Tagen war ich am Grünen Fluss. Ich habe drei Nächte in den Hütten der Ba-Tau geschlafen.«
»Und vorher?«
»Ich kam den Grünen Fluss herauf. War bei den Saq-Tau, den Kalan-Tau. Vorher bei den Pukkhaun . . .«
Beim letzten Wort kommt Unruhe in die Menge der Zuhörer. Murmeln, Summen, laut, gefährlich. Wie ein zor-

niger Bienenschwarm. – Ein Mann springt hoch. Schreit schrille Schreie. Schlägt mit den Händen um sich. Drängt nach vorn, auf Bal-Bes zu. Männer versuchen ihn festzuhalten, der Rasende reißt sich los. Haare hängen wirr in sein Gesicht. Gelber Schaum steht ihm vor dem Mund. Die Augen treten weit hervor, rollen, drehen sich nach oben, bis nur mehr das Weiß des Auges sichtbar ist. Er brüllt. Bal-Bes versteht nur »Pukkhaun« und »tot« und »Krieg«. – Der Riese hält den Tobenden fest. Andere reden beruhigend auf ihn ein. Führen ihn zurück zu seinem Platz.

Acqtag tritt zu Bal-Bes und erklärt leise:

»Keine Gefahr. Brauchst keine Angst zu haben. Bum-Bum hat bösen Traum im Kopf. Spricht, was niemand versteht. War lange Zeit gefangen bei den Pukkhaun, seither ist Nacht in seinem Kopf.«

Bum-Bum wird an seinem Platz festgehalten. Er schreit nicht mehr. Aber sein Körper zittert, sein Mund zuckt. Stille wieder. Der Riese fragt weiter: »Bal-Bes, du warst bei den Pukkhaun, den stinkenden Ziegenmenschen. Erzähle!«

Bal-Bes weiß, was er sagen muss, auch wenn es nicht wahr ist. Seine Stimme ist heiser, Rauch kratzt in seiner Kehle.

»Ich kam in friedlicher Absicht zu den Pukkhaun. Doch sie ließen mich nicht in ihre stinkenden Hütten. Sie machten Jagd auf mich, hetzten mich. Ich bin ihnen entkommen, denn die Pukkhaun haben langsame Entenfüße und ihre Pfeile treffen nicht.«

Befriedigtes Gemurmel. Köpfe nicken. Lippen lächeln. Der Riese blickt in die Runde und sagt: »Bal-Bes ist keine Gefahr. Seine Feinde sind unsere Feinde. Bal-Bes soll in unseren Hütten schlafen, soll Gast sein. Ich bürge für ihn. So spricht Brac, der Bär.« Brac setzt sich hin. Tanist, der Häuptling, trinkt und lässt sein Auge in die Runde schweifen.

Ein Mann mit roten Haaren steht auf. Seine Ohrläppchen sind lang gezogen und hängen fast bis auf die Schultern herab. In ihnen stecken die spitzen Hauer des Ebers. Die Zähne schaukeln, wenn der Mann sich bewegt. Die Stimme des Langohrs ist leise und hohl. »Bal-Bes, warum kommst du hierher, zu den Hütten der Tau-Tau?«

»Ich suche den Weg über die Großen Berge in das Land, wo Beth, die Sonne, am höchsten steht.«

»Warum?«

»Wege über die Großen Berge sind wichtig. Wege bringen Dinge von einem Stamm zum anderen. Wege bringen Dinge zu den Menschen, die sie selbst nicht haben. Wege helfen beim Tauschen.«

Bal-Bes hebt sein Beil in die Höhe. Im Schein des Feuers glänzt die Klinge. Rot, hell.

»Hier, mein Beil. Weit weg von hier haben Menschen rote Steine gefunden, die sie schmelzen und formen können. Sie nennen die Steine Kupfer. Die Menschen machen Schmuck und Werkzeuge daraus. Hier, prüft!«

Er übergibt das Beil Tanist. Männer drängen sich um den Häuptling. Daumen prüfen die Schärfe. Steinmesser kratzen an der Klinge. Brac, der Bär, wiegt das Beil in seiner Hand. Er schafft sich Raum, holt weit aus und schlägt das Beil in einen Pfosten. Holz splittert. Die Hütte erzittert. Die Krähe im Gebälk schreit und flüchtet. – Tief ist das Beil ins Holz gedrungen. Das Beil wird aus dem Stamm gezogen, die Schärfe überprüft. Erstaunte Ausrufe, Überraschung.

Bal-Bes weiß, Kupfer ist gut für Schmuck, nicht für Werkzeug. Zu weich, zu schnell verliert es die Schärfe. Steinwerkzeug ist brauchbarer. Kupfer ist schöner. Die Tau-Tau sind von der Schönheit des Beils beeindruckt. – Bal-Bes nimmt das Beil wieder an sich, spricht weiter:

»Noch nicht viele Stämme kennen Kupfer. Doch mehr und mehr lernen es kennen, brauchen es und wollen dafür tauschen. – Kupfer wird hier im Land der Großen Berge gefunden. Die Menschen im Land der Hohen Sonne, jenseits der Großen Berge, brauchen die roten Kupfersteine. Darum sind Wege wichtig. Darum sucht Bal-Bes Wege.«

Langohr ist noch nicht zufrieden. Langohr ist misstrauisch und fragt weiter:

»Ich habe von Kupfer gehört. Die Männer, die Salz bringen, haben davon erzählt. Sie haben auch erzählt, dass es schon einen Weg über die Großen Berge gibt. In der Richtung des Sonnenaufgangs gibt es den Weg, der in das Land der Hohen Sonne führt. Dort ist ein niedriger Durchlass in den Großen Bergen, frei von Eis. Leicht zu gehen. – Von den Hütten der Tau-Tau führt auch ein Weg ins warme Land. Er ist schwer zu gehen. Der Weg führt hoch hinauf in die Großen Berge und an der höchsten Stelle lauert Os, das wandernde Eis. Der Weg ist gefährlich, denn Os hat viele Mäuler, mit denen sie Menschen und Tiere frisst. – Warum, Bal-Bes, suchst du hier nach dem Weg?« Langohr lächelt schlau, lauert auf Antwort. Bal-Bes' Augen brennen und tränen vom Rauch. Müde antwortet Bal-Bes:

»Ich kenne den niedrigen Übergang über die Großen Berge. Brental-Beth, das Tor zur Sonne, nennen ihn die Menschen. Doch das Tor ist geschlossen. Krieg herrscht. Krieg macht Wege gefährlich, Krieg macht Tausch nicht mehr möglich. Kein Kupfer kommt über die Großen Berge. Neue Wege müssen gefunden werden.«

Langohr nickt, ist befriedigt und setzt sich. – Tanist, der Häuptling, fragt:

»Wer schickt dich, den neuen Weg zu suchen. Welcher Stamm, welcher Häuptling?«

Bal-Bes zögert. Er spricht nicht gerne über seinen Stamm, der ihn verstoßen hat vor vielen Jahren. Der Stamm, der Schuld trägt, dass Bal-Bes seither gehen muss, immer weitergehen muss, von Stamm zu Stamm, nirgends bleiben kann. Darüber mag Bal-Bes nicht sprechen. Er sagt nur:

»Ich habe keinen Stamm. Ich gehe allein. Menschen, die neue Wege suchen, gehen allein. Menschen, die neue Wege kennen, werden geachtet und geehrt. Ich führe die Händler über neue Wege. Sie geben mir Schutz und Essen. Sie schätzen mein Wissen. – Beim Suchen bin ich allein.«

Auch Tanist scheint zufrieden zu sein. Er trinkt und leckt sich die Lippen. Dann gibt er den Männern ein Zeichen.

Männer setzen sich um den Häuptling. Sie sprechen leise miteinander. Sie scheinen nicht einer Meinung zu sein. Einige nicken, andere schütteln den Kopf. Sie beraten über Bal-Bes. Sie entscheiden, ob der Fremde Gast ist und bleiben kann. Oder ob er fortgejagt, vielleicht beraubt, vielleicht sogar getötet werden soll.

Bal-Bes lehnt müde an einem Pfosten und wartet. Lange schon dauert die Beratung. Zu lange. Bal-Bes ahnt, dass er den Männern bei der Entscheidung helfen muss. – Er zieht aus seiner Ledertasche einen kleinen Becher, schön verziert mit eingeritzten Rillen und eingedrücktem Muster. Doch das Besondere ist die Form: kleiner Bauch, schön geschwungener Hals, weit herausgebogener Rand. Wie der Kelch mancher Blume. Leicht lassen sich die Lippen an den Rand setzen; der Becher verlockt zum Trinken. – Bal-Bes weiß, dass solche Becher selten sind. Er hofft die Tau-Tau damit zu verführen, ihm Gastfreundschaft zu geben. Der Becher soll sein Gastgeschenk sein.

Bal-Bes spielt mit dem Becher. Dreht und wendet ihn, steckt den Finger hinein. Lässt den Becher an der Fingerspitze kreisen. Die beratenden Männer werfen Blicke auf den Becher. Begehrende Blicke. Bal-Bes tut so, als ob er es nicht sehe. Tanist wirft einen durstigen Blick auf den Becher und leckt sich die Lippen. Bal-Bes sieht es nicht. Bal-Bes spielt mit dem Becher. Die Männer beraten. Immer mehr Männer nicken, immer weniger schütteln den Kopf. – Bal-Bes klopft mit dem Fingernagel an den Rand und bringt den Becher zum Klingen. Lässt alle den ho-

hen, reinen Klang hören. Bal-Bes macht Musik. Die Männer beraten. Alle Männer nicken, keiner mehr schüttelt den Kopf.
Die Beratung ist zu Ende. Tanist erhebt sich mühsam und geht auf Bal-Bes zu. Ein Mädchen bringt Brot und Salz. Der Häuptling streut Salz über das Brot, bricht es und gibt eine Hälfte Bal-Bes. Bal-Bes isst. Tanist isst. Der Häuptling reicht Bal-Bes einen Becher mit Wasser. Bal-Bes gießt Wasser von Tanists Becher in seinen Becher. Er gibt den neuen, schönen Becher dem Häuptling und sagt:
»Mein Geschenk an Tanist und alle Tau-Tau!«
Bal-Bes trinkt, Tanist trinkt. So ist es Brauch. – Bal-Bes ist kein Gefangener mehr, Bal-Bes ist Gast.

Bal-Bes atmet auf. Jetzt ist er sicher. Solange er nicht gegen die Bräuche des Stammes verstößt, ist er geschützt. Gastfreundschaft schützt ihn. Der Gast ist heilig.
Auch die Hütte atmet auf. Von den Menschen fällt die Anspannung. Reden, Lachen, geschäftiges Treiben. Feuerböcke werden zu beiden Seiten des Feuers aufgestellt, eine Steinplatte darüber gelegt. Dampfende Speisen werden gebracht und auf die Steinplatte getürmt. So bleibt das Essen warm. So kann jeder nehmen, was er mag.
Bal-Bes sitzt neben dem Häuptling. Eine große Schüssel wird vor ihm auf den Boden gestellt. Bal-Bes ist hungrig. Er füllt seine Schüssel mit Speisen von der Steinplatte über dem Feuer. Die Auswahl ist groß: zarte Forellen,

gefüllt mit geschabten Äpfeln, gewürzt mit Wacholderbeeren. Knuspriges Fladenbrot. Heiße Suppe aus Schafsmilch mit Wasserkresse, Hirtentäschel und Wurzeln der Wegwarte. Saure Beerenkompotte. Fetter Lammbraten mit Kümmel und Preiselbeeren, eingerollt in Huflattichblätter. Dicke Pilzsoßen. Magere Rehrücken, mit Bärlauch gebeizt und mit Markscheiben belegt. Erfrischende Kräutersalate. Gebratene Birkhühner, mit Honig bestrichen und mit Hagebutten gefüllt. Dampfende Bohnen. Süßer Hirsebrei mit Nüssen und Vogelbeeren ...

Bal-Bes ist längst satt. Immer wieder füllt Tanist Bal-Bes' Schüssel aufs Neue und Bal-Bes muss essen. So ist es Brauch. So wird der Gast geehrt. Bal-Bes soll den anderen Stämmen erzählen können, wie gut die Tau-Tau essen, wie wohlhabend sie sind. – Bal-Bes weiß, wenn er von den Hütten der Tau-Tau geht, gibt es wieder Hirsebrei. Ohne Honig, Nüsse und Vogelbeeren. Tag für Tag, sättigenden, aber faden Hirsebrei. Nur bei Festen oder wenn Gäste da sind, wird gegessen wie jetzt. Selten kommen Gäste, selten gibt es gutes Essen. – Darum nur zu! Gäste muss man feiern, bis man umfällt.

Frauen, Männer, Kinder reden nicht viel. Alle essen. Alle schlürfen, schmatzen, rülpsen. Fetttriefende Finger stopfen Speisen in die Mäuler, Zähne kauen, Knochen splittern, Zungen lecken, Lippen saugen, Kehlen schlingen, Bäuche füllen sich. Därme rumoren. Fettverschmierte Gesichter glänzen zufrieden.

Hunde raufen sich um Knochen und Speisereste. Auch

die Krähe bekommt ihren Teil. Jeder wird satt. Jeder Bauch droht zu platzen.
Methe rinnt durch die Kehlen. Bal-Bes kennt Methe. Methe wird aus Honig gemacht. Er schmeckt süß und lässt sich leicht trinken. Leicht trinkt man zu viel, denn in Methe wohnen Geister. Ein wenig Methe macht Kopf, Zunge und Füße leicht. Macht Lachen leicht. Viel Methe macht alles schwer. Das Denken, das Sprechen, das Gehen. Zu viel Methe macht krank. Macht die Haut gelb, die Leber hart.
Der neue Becher macht die Runde. Jeder trinkt aus ihm, gibt ihn weiter zum Nächsten. Jetzt ist Bal-Bes an der Reihe. Tanist, der Häuptling, nimmt sein Steinauge aus der Höhle und lässt es in Bal-Bes' Becher fallen. Methe spritzt auf und spritzt Bal-Bes ins Gesicht. Tanist lacht laut und schlägt sich auf den Schenkel. Männer um ihn lachen. Tanist sagt mit schwerer Zunge:
»Mein Steinauge kann sehen. Jetzt sieht es die Geister, die du trinkst.«
Gelächter. Bal-Bes lacht auch, wischt sich Methe vom Gesicht und sagt:
»Jetzt trinke ich dein Steinauge, dann sieht es, wie mein Bauch innen aussieht. Es muss lange warten, bis es wieder Licht sieht.«
Bal-Bes setzt den Becher an den Mund. Erschrocken fischt der Häuptling sein Auge aus dem Becher. Grölendes Gelächter. Tanist rülpst, dann lacht auch er. Zeigt beim Lachen drei gelbe Zähne.

Bal-Bes' Beil wandert von Hand zu Hand. Wird geprüft, untersucht, besprochen, verglichen, für gut befunden. Männer klopfen Bal-Bes anerkennend auf die Schulter. Brac, der Bär, klopft auch. Klopft Bal-Bes' Schulter fast in Stücke. Doch Bal-Bes lacht.

Kinder umdrängen Bal-Bes. Sie zupfen an seiner Kleidung und wollen wissen, was in der großen Ledertasche ist. Bal-Bes holt einen runden, glänzenden Stein aus der Tasche. Er hält ihn zwischen Daumen und Zeigefinger und zeigt ihn herum. Jeder kann den Stein sehen. Plötzlich ist der Stein weg. – Ohhhhh! – Bal-Bes zeigt die leeren Handflächen. Der Stein ist nicht da. Bal-Bes macht ein trauriges Gesicht. Dann macht er mit der Hand einige geheimnisvolle Zeichen in die Luft, murmelt einen Spruch und holt den Stein aus dem offen stehenden Mund eines kleinen Mädchens. – Ohhhhh! – Erschrocken macht das Mädchen einen Schritt zurück. Eine Frau hebt das Kind hoch und sagt lächelnd:

»Du hast meine arme Tochter erschreckt.«

»Aber es tut doch gar nicht weh«, sagt Bal-Bes. Er lässt den Stein wieder verschwinden und zieht ihn aus dem Ohr der Frau. Die Frau lacht. Bal-Bes mag ihr Lachen. Er fragt:

»Wie heißt du?«

»Stein-aus-dem-Ohr. Und das ist meine Tochter Stein-aus-dem-Mund.«

Sie lacht. Dann geht sie schnell weg. Bal-Bes mag ihr Lachen, mag nicht, dass sie weggeht.

Bal-Bes muss erzählen. Die Menschen wollen wissen, was es Neues gibt, was sich tut außerhalb des kleinen Tals. Nicht oft kommt ein Fremder ins Tal, nicht oft kommt ein Tau-Tau in andere Täler.

Bal-Bes erzählt: von weit entfernten Ländern, durch die er gegangen, von Menschen, die er getroffen, von Dingen, die er gesehen. – Er erzählt von Dau-Kall, der Mutter aller Flüsse. Von den Booten, die auf ihr schwimmen, von Fischen, die in ihr wohnen. Fische, so groß wie Bäume. – Er erzählt vom Land ohne Berge, das flach ist wie der See. Von den weiten Wiesen darauf, die bedeckt sind von den Leibern weidender Pferde.

Er erzählt von Menschen, die enge Gänge tief in den Berg schlagen, Feuer darin entzünden und Kupfersteine herausholen. Erzählt, wie sie Lehmhöhlen bauen, um Kupfer darin zu schmelzen. Wie sie flüssigen Stein gießen und formen, wie sie reich werden durch den Tausch mit Kupfer. – Er erzählt von Stämmen, die keine Hütten haben, die auf Pferden immer weiterziehen und töten und rauben. – Er erzählt von Totenhäusern, erbaut aus großen Steinen, selbst für Riesen zu schwer. Erzählt von den heiligen Wäldern aus Stein, in denen die Steine hoch aufragen und Kreise bilden. Damit werden die Jahre gezählt. – Er erzählt von Hütten, die im Wasser stehen, von Höhlen, die mit bunten Bildern bemalt sind.

Bal-Bes erzählt gut. Manchmal spricht er laut, dass alle erschrecken, dann wieder flüstert er leise, sodass man das Knistern des Feuers hört. Manchmal verstellt er die Stimme und spricht, wie Menschen in fernen Ländern

sprechen. Er erzählt mit den Händen und zeichnet Bilder in die rauchige Luft der Hütte.
Bal-Bes erzählt auch, was er nicht selbst gesehen, sondern gehört hat von Händlern, die von weit her kamen. – Er erzählt vom großen Wasser, das salzig schmeckt. So weit und groß ist es, dass man sein Ende nicht sieht und nicht weiß, ob es überhaupt endet. Und von den Ländern, die im großen Salzwasser schwimmen. Eines ist ganz aus Kupfer und Fuhrwerke ohne Räder fahren über das Wasser und bringen die roten Steine. – Er erzählt von dem Land im großen Wasser, in dem die Menschen Stierköpfe mit großen Hörnern tragen, und von dem Land jenseits des großen Wassers, in dem Zauberer glatte, spitze Berge aus behauenen Steinen bauen. – Er erzählt von Menschen mit Vogelköpfen, Katzen mit Menschenköpfen, fliegenden Raubtieren, Schlangen mit Federn und von Tieren mit Nasen – Nasen, größer als die hohen Berge und länger als von hier bis zum Grünen Fluss . . .
Lange in die Nacht hinein erzählt Bal-Bes. Lange bleiben die Menschen in der Hütte sitzen und hören zu. Sie hören zu mit offenen Mäulern, staunenden Augen, angehaltenem Atem und ungläubigem Lächeln.

Das Feuer ist niedergebrannt. Bal-Bes ist müde und gähnt. Andere gähnen. Das Fest ist vorbei. Die Menschen gehen zu ihren eigenen Hütten. Einige Männer wanken. Sie haben viel Methe getrunken. Frauen helfen den wankenden Männern, den Ausgang zu finden. Eini-

ge liegen auf dem Boden und lallen mit schwerer Zunge. Zu viel Methe in ihren Bäuchen und Köpfen.
Brac, der Riese, lädt zwei Männer auf seine Schultern und trägt sie hinaus. Der Häuptling vergräbt sich in seinen Fellberg.
Acqtag zeigt Bal-Bes seinen Schlafplatz. Bal-Bes holt ein Fell aus der Tasche und rollt sich darin ein. – Ahhhh! – Langer Tag. Guter Tag. Bal-Bes hat gut gegessen und kann in der warmen Hütte schlafen. Ist sicher vor wilden Tieren, ist sicher vor bösen Menschen. Der Preis für die Gastfreundschaft war nicht zu hoch. Wenn Bal-Bes wieder weitergeht, wird er von den Tau-Tau ein Geschenk erhalten. Damit kann er wieder Gastfreundschaft bei anderen Stämmen eintauschen. Guter Tag.
Bald ist es still. Nur der Häuptling schnarcht und redet im Schlaf. Draußen blökt ein Schaf. Weit weg heult ein Wolf. Bal-Bes schläft.

Jagd

Bal-Bes erwacht spät. Beth, die Sonne, wird gleich über die Großen Berge steigen und Licht und Wärme ins Tal bringen. Bal-Bes tritt vor die Hütte. Die weißen Wolken, die sich aus dem Wasser erheben, sind dünn und durchsichtig geworden. Bald werden sie verschwinden, bald verschwindet auch der Rest der Nacht.

Bal-Bes zählt sieben Hütten und einen großen Unterstand für die Schafe. Auf den steilen Hängen um die Hütten wächst Gras. Dichter dunkler Wald zäunt die Wiesen ein. Auf den Wiesen sind Schafe. Hier gibt es keine Felder wie im Tal des Grünen Flusses, keine Apfelbäume wie im Land der Hohen Sonne. Zu hoch ist es hier und zu kalt. Os mit ihrer Kälte ist zu nahe. Kalter Wind weht aus dem Tal gegen Sonnenaufgang.

Die Menschen in den Hütten sind schon wach. Bal-Bes hört sie arbeiten. Er hört Hämmern an Steinen, Splittern von Knochen, Schaben an Horn. Hört Sägen, Feilen, Schneiden an Holz. Leder wird zum Trocknen aufge-

spannt, geschabt, gegerbt, gewalkt, geschnitten. Lehm klatscht, Mörser stampfen, Keulen schlagen. Die Wolle der Schafe wird gewaschen, gekämmt, gesponnen, gefärbt und verwebt. Stroh raschelt, Feuer prasselt, Fett brutzelt, Wasser kocht. Menschen reden, fluchen, lachen, singen, schreien. Irgendwo spielt eine Flöte.
Bal-Bes geht zu dem Bach neben den Hütten. Der kleine Bach springt über große Steine hinunter zum großen Bach. Das Wasser spricht laut und spritzt in Bal-Bes' Gesicht. Kaltes Wasser vertreibt die Nacht aus den Augen. Kaltes Wasser brennt auf der Haut.
Bal-Bes hört ein Rascheln hinter sich in den Büschen. Er dreht sich um. Ein Schatten huscht vorbei, verschwindet hinter einem Stein. Dann lange Zeit nichts. Dann wieder: Eine Gestalt springt hinter dem Stein hervor, läuft geduckt, huscht zum nächsten Stein und versteckt sich dahinter. – Bal-Bes geht zurück zur Hütte. Die Gestalt folgt. Bal-Bes geht schneller. Der Verfolger folgt schneller. Bal-Bes geht um die Ecke des Hauses und bleibt knapp dahinter stehen. Wartet. Vorsichtig schiebt sich ein wirrer Haarschopf um die Ecke. Bal-Bes packt zu. Der Haarschopf schreit auf. Es ist Bum-Bum. Und Bum-Bum schreit:
»Nein, nein. Nicht wehtun, arm Bum-Bum! Bum-Bum nicht bös. Bum-Bum immer gut.«
Bal-Bes fragt, gutmütig, beruhigend:
»Was möchtest du, Bum-Bum?«
»Bum-Bum will sehen Stein. Zauberstein. Stein von gestern: Stein da, dann weg, dann Stein aus Mund, dann

Stein aus Ohr. Groß Zauber. Bum-Bum will Stein sehen.«

Bal-Bes holt den Stein und gibt ihn Bum-Bum. Bum-Bum zögert, den Stein zu berühren. Bal-Bes nickt ihm aufmunternd zu. Vorsichtig ergreift Bum-Bum den Stein. Er rollt die Augen und lächelt verzückt. Zärtlich streichelt er den Stein.

»Schön. Schön Stein. Viel groß Zauber.«

Er hält den Stein an den Mund, drückt ihn an die Stirn und sagt:

»Stein kann heilen Bum-Bum. Bum-Bum viel krank. Krank in Kopf, krank an Zunge. Nicht gut denken, nicht gut sprechen. Vor lang, lang Zeit Bum-Bum nicht krank. Gut denken, gut sprechen. Gut Jäger, stark Krieger. Da Pukkhaun fangen Bum-Bum. Sperren Bum-Bum in viel finster Loch. Bös Geist in Loch. Bös, bös. Schlagen, quälen Bum-Bum. Jetzt Bum-Bum krank.«

Bum-Bum hockt sich auf den Boden und schlingt die Arme um seinen Körper. Er weint leise. Bal-Bes sagt: »Du kannst den Stein behalten. Der Stein gehört Bum-Bum.«

Bum-Bum reißt die Augen auf. Er sperrt den Mund auf. Er stürzt sich auf Bal-Bes, umarmt ihn, schleckt seine Wangen ab und trocknet seine Tränen an Bal-Bes' Kleidung. Dann lässt er ihn wieder los und umtanzt ihn. Umarmt ihn wieder. Lacht. Lacht hoch und kichernd. Lacht vor Freude, weint vor Freude. Er drückt den Stein an seine Brust und schreit:

»Ohhhhh! Bum-Bum viel Freude. Bum-Bum werden gesund, gesund in Kopf, gesund an Zunge. Bum-Bum binden Stein um Hals, wie Zauberstein, der hängen an Hals von Muir . . .«

Bum-Bum spricht nicht weiter. Er hält sich die Hand vor den Mund. Duckt sich. Schaut ängstlich um sich. Dann kommt er ganz nah zu Bal-Bes und flüstert:

»Nicht dürfen sprechen von groß Zauberin. Bringen Unglück. Groß, groß Unglück . . .«

In langen Sätzen springt Bum-Bum davon, den Stein eng an den Leib gepresst. Angstvoll schaut er um sich.

Ein wuchtiger Schlag trifft Bal-Bes' Schulter. Er knickt in den Knien ein und stolpert einige Schritte nach vor. Brac steht hinter ihm. Brac lacht und sagt mit lauter, tiefer Stimme:

»Der Steinbock ist beim Roten Pfeil.« Er zeigt auf einen Berg. Wie eine riesige Pfeilspitze aus rotem Stein sieht der Berg aus. Steil und abweisend. Unbesteigbar. »Wir jagen. Bal-Bes, Acqtag und Brac. Komm, es ist schon spät!«

Bal-Bes schaut zum Berg. Da hinauf? So hoch, so steil, so gefährlich rot. Bal-Bes zögert. Fragend blickt er auf Brac. Bracs Augen mustern Bal-Bes herausfordernd. Bracs Mund lächelt spöttisch. Bal-Bes hat keine Wahl. Er nickt und holt Bogen und Köcher mit Pfeilen.

Beth, die Sonne, steigt als rote Scheibe hinter den Bergen hervor. Die Spitze des Roten Pfeils leuchtet auf. Auch andere Berggipfel glühen rot. Brac, Acqtag und Bal-Bes gehen auf die Sonne zu. Die Schatten gehen hinter ihnen. Sie steigen in ein kleines Tal hinunter. Das kleine Tal kommt von Sonnenaufgang und mündet in der Nähe der Hütten ins große Tal. Die drei Männer überqueren den Bach und folgen ihm ein Stück talaufwärts. Kalter Wind bläst ihnen entgegen. Bald verlässt der Weg den Bach. Pfeilhandseitig steigt er höher und führt durch Wald. Dunkel ist es hier, das Licht der Sonne hat das Tal noch nicht erreicht. Der Weg steigt höher, immer höher. Der Wald wird lichter, die Bäume werden kleiner. Die Bäume werden Zwerge. Kriechend wachsen sie am Boden entlang, getrauen sich nicht in die Höhe. Zu kalt bläst der Wind. Der Weg verlässt die kriechenden Bäume, führt über kurzgrasige Wiese, führt über harten Stein.

Hinter einem großen Stein bleibt Brac stehen. Hier bläst kein Wind. Sie haben die Höhe des Berghanges erreicht. Zu beiden Seiten sieht man ins Tal. Im Tal schweben noch Streifen der weißen Wolken, die nachts aus dem Wasser steigen. Im Tal ist Schatten. Hier scheint Beth, die Sonne. Sie scheint kalt.

Brac zeigt auf die Hütten, die klein unter ihnen liegen.

»Die Hütten der Tau-Tau.« Er zeigt ins Tal hinunter, durch das Bal-Bes vom Grünen Fluss heraufgekommen ist.

»Os-Acq das Tal, Os-Acq der Bach.« Bracs Finger deutet zurück zu den Hütten und weiter talaufwärts, bis zu einer Stelle, an der sich das Tal teilt. Er zeigt in das Tal, das näher gegen Sonnenuntergang liegt.

»Os-Acq-Abend, das Tal, der Bach.« Er zeigt in das Tal, das näher gegen Sonnenaufgang liegt.

»Os-Acq-Morgen. Hier führt der Weg über die Großen Berge. Der Weg ist schwer und gefährlich.«
Bracs Finger weist wieder auf die Hütten. Zeigt in das kleine Tal, das in der Nähe der Hütten in Os-Acq mündet, durch das sie gegangen waren, bevor sie an der Pfeilhandseite hochgestiegen sind.
»Wind-Acq. Das Windtal. Wenn der Schnee schmilzt, bläst warmer Wind durchs Tal. Wenn das Wasser gefriert und frischer Schnee kommt, bläst kalter Wind durchs Tal. Wind, kalt wie Os.«
Brac prüft den Wind. Er saugt ihn durch die Nasenlöcher ein, riecht und schmeckt ihn.
»Os-Wind. Bald kommt Schnee. Weiter!«
Die drei Männer gehen weiter. Steigen höher. Höher dem Roten Pfeil zu. Immer den Bergrücken entlang. Brac und Acqtag gehen schnell. Bal-Bes hat Mühe, mitzukommen. Bal-Bes ist ein guter Geher. Er weiß, was Gehen ist. Sein halbes Leben ist er gegangen. Aber berggehen ist anders. Der Fuß rutscht auf glattem Stein, tut weh auf spitzem Stein, schwimmt im Steingeröll. Wichtig ist das Auge beim Berggehen. Es muss vorausschauen und planen, wohin der Fuß tritt. Muss prüfen und abwägen, ob die Stelle hält, auf die der Fuß steigt. Bal-Bes' Auge hat keine Erfahrung im Berggehen. Bal-Bes bleibt weit zurück. Brac und Acqtag warten auf ihn. Brac lacht und sagt:
»Der große Schritt ist gut fürs Tal. Der kleine Schritt ist gut für den Berg. Der große Schritt am steilen Hang macht müde.«

Bal-Bes versucht es mit kleinen Schritten. So geht es leichter. So ist es noch immer schwer genug. So steil ist der Weg, ach so steil! Doch weiter, weiter, höher, höher. Dicht an den Fersen des Vordermannes bleiben, nicht zurückfallen! Wer allein geht, geht langsamer. – Die rote Bergspitze ist größer geworden.
Der Bergrücken, auf dem die drei Männer gehen, steigt nicht mehr so steil an. Hier ist das Gehen leichter. Auf der kleinen, schmalen, grasigen Hochebene liegen Felsbrocken. Zur Bogenhand fällt der Berg steil ab. Zur Pfeilhand führt eine Geröllhalde zu Tal. – Plötzlich huscht Brac zu einem Felsen und kauert sich nieder. Bal-Bes und Acqtag folgen. Brac deutet nach vorne. Vorsichtig heben Bal-Bes und Acqtag ihre Köpfe über den Felsrand. Fünf Pfeilschüsse vor ihnen grast eine Herde von Steinböcken. Noch sind die Tiere ruhig, haben die Menschen nicht gewittert.
Brac prüft den Wind. Er lächelt. Seine Augen glänzen, seine Wangen sind rot. Brac hat Jagdfieber. Er flüstert: »Der Wind ist gut. Der Platz ist gut. Ich umgehe die Herde und scheuche sie auf. Du, Acqtag, lässt sie nicht über die Geröllhalde. Zur anderen Seite können die Tiere nicht ausweichen. Der Fels ist zu steil. Die Steinböcke kommen in deine Richtung, Bal-Bes. Sie kommen an diesem Felsen vorbei. Du schießt. Ziel gut, Bal-Bes!«
Brac und Acqtag schleichen ein Stück zurück, gleiten hinunter zur Geröllhalde, verschwinden.
Bal-Bes ist nicht mehr müde. Seine Wangen brennen. Sorgfältig wählt er einige Pfeile aus und legt sie vor sich

hin. Einen legt er in die Sehne des Bogens. Bal-Bes wartet. Wartet lange. Er wagt nicht, seinen Kopf über den Felsen zu heben, um nach der Herde zu sehen. Aber seine Ohren sind offen. Angespannt lauscht er. Nach langer Zeit – ein Pfiff, ein Schrei aus der Richtung der Tiere. Bal-Bes nimmt Bogen und Pfeil auf und schaut vorsichtig über den Fels.

Die Herde läuft. Sie läuft auf die Geröllhalde zu. Dort springt Acqtag auf, schwingt sein Lederhemd über den Kopf, pfeift, schreit. Die Tiere ändern ihre Richtung. Sie kommen auf Bal-Bes' Felsen zu. Bal-Bes kniet hinter dem Felsen und spannt den Bogen. Er hält den Atem an, sein Herz schlägt schneller. Doch seine Hand ist ruhig. Bal-Bes möchte den Tau-Tau beweisen, dass er ein guter Jäger ist. Gute Jäger werden geachtet. – Das Schlagen der Hufe kommt näher. Die ersten Tiere donnern an ihm vorbei. Zu nahe, zu schnell. Da – ein lahmendes Tier kommt hinten nach. Langsamer, weiter weg. Bal-Bes hat Zeit zum Zielen. Er zielt vor das Tier und lässt die Sehne schwirren. Der Steinbock rennt in den Pfeil. Tief dringt der Pfeil unter dem Schulterblatt des Tieres ein. Ein letzter Sprung, dann knicken die Vorderbeine ein. Einen Augenblick lang bleibt der Körper ohne Bewegung. Dann dreht er sich langsam seitwärts. Der Steinbock fällt. Bleibt liegen. Tot.

Bal-Bes legt den zweiten Pfeil weg. Er braucht ihn nicht mehr. Er geht auf das Tier zu, kniet nieder und besieht den Schuss. Die Tatze Bracs donnert auf seine Schulter. Brac brüllt:

»Guter Schuss. Ein Meisterschuss. Hätte Bracs Schuss sein können.« Dann lacht er schallend.
Auch Acqtag klopft Bal-Bes auf die Schulter. Bal-Bes spürt es kaum nach Bracs Donnerschlag. – Brac öffnet mit dem Steinmesser die große Ader am Hals des Steinbocks. Er lässt zuerst Bal-Bes das hervorquellende Blut trinken. Dann trinken Acqtag und Brac.
Die drei Männer sitzen um das erlegte Tier. Die Anspannung lässt nach, Müdigkeit steigt auf. Acqtag öffnet einen Lederbeutel. Darin sind schwarzblaue Beeren. Er bietet sie den anderen an und sagt zu Bal-Bes: »Beeren des Schwarzdorn. Bitter, aber erfrischend und gut gegen Durst.«
Bal-Bes kostet. Brac schiebt sich eine Hand voll Beeren in den Mund, zeigt auf den toten Steinbock und sagt kauend:
»Steinbockfleisch ist gut, aber nicht wichtig. Für Fleisch haben wir Schafe. Wichtig ist die Haut des Steinbocks. Gutes Leder. Ganz wichtig sind die Hörner. Pulver aus Steinbockhörnern macht stark – macht viele Kinder. Schau an die Tau-Tau: starke Männer, viele Kinder.«
Brac lacht und schlägt sich auf die Brust, dass es dröhnt.
Acqtag sagt:
»Wir tauschen die Hörner. Bekommen dafür Salz, Körner, Äpfel, Nüsse, Flachs und vieles mehr. Zehn große Feuersteinklingen für ein Horn. Steinbockhörner haben großen Wert. Steinböcke sind wichtig für die Tau-Tau.«
Die drei Männer essen schweigend, kauen hungrig an den Schwarzdornbeeren. Nach dem Essen sagt Acqtag:

»Schon immer waren Steinböcke wichtig für unseren Stamm. Wir Tau-Tau kennen die Geschichte des weißen Steinbocks. Alte Menschen erzählen sie jungen. Ich habe die Geschichte vom Vater meines Vaters gehört. Ich will sie erzählen.«

Brac brummt sein Einverständnis und legt sich hin. Bal-Bes lehnt sich an einen Stein, streckt die Füße bequem aus und wartet. Nach einer kurzen Pause beginnt Acqtag:

»In längst vergangener Zeit, als Os noch groß war und ihre Zungen weit in die Täler herunterstreckte und die Tau-Tau noch neu in diesem Land waren, lebte in den Großen Bergen ein weißer Steinbock. Es war ein großes, schönes Tier und sein Fell glänzte wie frischer Schnee. Den Tau-Tau galt es als heilig und niemand durfte es jagen.

Aber unter den Tau-Tau gab es einen wilden Jäger, der Sitten und Gebote des Stammes nicht achtete. Der Jäger war groß und stark, größer und stärker sogar als Brac. Er trug einen Zauberstein an einem Riemen um den Hals. Der Stein half ihm bei der Jagd. Sein Pfeil flog weiter als alle anderen und nie verfehlte er sein Ziel. Der Zauber des Steins schützte ihn auch vor den Gefahren der Berge. Er konnte die gefährlichsten Pfade gehen, konnte Os überqueren, stieg auf die höchsten und steilsten Gipfel und jagte bei Nebel, bei Schneestürmen, bei eisiger Kälte oder zuckenden Blitzen, ohne dass ihm je ein Unglück zustieß. Er entkam den fallenden Steinen und dem rutschenden Schnee, der zur Zeit der Schmelze ins Tal donnert.

Der wilde Jäger machte heimlich Jagd auf den weißen Steinbock. Niemand im Stamm wusste davon. Hoch stieg er in die Berge hinauf und ging Wege, die nie zuvor ein Mensch gegangen war. Aber der weiße Steinbock zeigte sich ihm nicht.

Viele, viele Tage war der Jäger unterwegs. Endlich – in einer Nacht, in der Buto, der Mond, hoch und rund am Himmel stand – sah er den Steinbock auf einer steilen Felsspitze stehen. Der Jäger legte einen Pfeil in den Bogen, zielte und schoss. Aber sein Pfeil, der sonst immer traf, ging fehl. – Das Tier verschwand hinter dem Berg und der Jäger nahm die Verfolgung auf. Der Steinbock führte den Jäger über steile Felsen und Abgründe, durch tiefe Schluchten auf glatte Schneefelder und eisige Hänge. Immer nur kurz sah der Jäger das Tier, zu kurz, um einen sicheren Schuss zu tun. Viele seiner Pfeile zerbrachen am Fels, keiner traf. Wie von bösen Geistern getrieben hetzte der Jäger hinter seiner Beute her und wollte, konnte nicht von ihr lassen.

Gegen Morgengrauen schien er dem Erfolg nahe. Der weiße Steinbock stand vor einer hohen Eiswand am Ende von Os' Zunge. Er konnte nicht weiter. Hinter ihm stand der Jäger, den letzten seiner Pfeile im Bogen gespannt. Dieser Pfeil musste treffen. Eben wollte der Jäger den Pfeil von der Sehne lassen, als sich in der Eiswand ein Tor öffnete. Eine wunderschöne Frau erschien. So schön hatte der Jäger noch keine gesehen. Sie trug langes weißes Haar und war in weiße Kleider gehüllt. – Der Steinbock lief auf die weiße Frau zu, ließ

sich von ihr streicheln und verschwand dann durch das Tor im Eis.
Die weiße Frau winkte dem Jäger, näher zu kommen. Langsam, wie im Traum, folgte der Mann der Frau durch das Tor in Os' kaltes Reich. Mit staunenden Augen ging er durch Gänge und Hallen im Eis. Es war dunkel, doch durch die Decken der hohen Eishöhlen schimmerte Licht. Grün und blau leuchteten die Wände, in die Bilder von Tieren und Pflanzen eingeritzt waren. Blumen aus Eis leuchteten in allen Farben. Die weiße Frau führte den Jäger durch viele Gänge, über viele Stufen, durch unzählige Hallen, Kammern und Grotten, bis sie in einen hohen, weiten Saal kamen. Darin waren riesige Säulen dicht nebeneinander wie Bäume im Wald. In der Mitte des blau schimmernden Waldes stand ein Stuhl, reich verziert, aus Eis geschnitzt.
Die Frau deutete dem Jäger, sich zu setzen. Sie verschwand und kam bald wieder mit einem funkelnden Becher aus Eis. Geheimnisvoll lächelnd, gebot sie dem Jäger zu trinken. Süß duftete das Getränk und es schmeckte so gut, dass der Jäger den Becher in einem Zug leerte. Bald darauf fiel er in einen langen, tiefen Schlaf.
Als er erwachte, stand eine alte Frau vor ihm, runzelig und verkrüppelt, auf einen Stock gestützt und mit schwarzen Fetzen bekleidet. Mit krächzender Stimme sagte sie:
›Du hast lange geschlafen. Ich war die weiße Frau, die dich hierher geführt hat. An meinem Alter erkennst du,

wie viel Zeit verronnen ist. Jeder deiner Atemzüge dauerte ein Jahr.‹

Erschrocken fuhr der Mann hoch und bat, die eisige Welt verlassen zu dürfen. Doch die Alte forderte ein Geschenk für seine Freiheit. Da der Mann sonst nichts von Wert bei sich hatte, bot er ihr seinen Zauberstein an. Er löste den Riemen von seinem Hals und hielt den Stein der Frau hin. – In diesem Augenblick brach die Greisin in höhnisches Gelächter aus. Laut hallte ihr hässliches Lachen von den Wänden aus Eis. Zur gleichen Zeit ertönte ein dumpfes Grollen, Boden und Wände bebten, Säulen schwankten, bekamen Risse, und unter Bersten und Krachen stürzte die Halle in sich zusammen. –

Eines Tages fanden Jäger der Tau-Tau einen toten Mann am Rande des Eises. Sein Körper war vertrocknet und zusammengeschrumpft. Nur Haut überspannte seine Knochen. Neben der Leiche lag ein Stein an einem Lederriemen befestigt. Niemand kannte den Mann. Nur eine uralte Frau konnte sich an den Stein erinnern und wusste, dass der Tote der wilde Jäger gewesen war.

Der weiße Steinbock jedoch wurde nie wieder gesehen.«

Acqtag schweigt. Bal-Bes hat der Erzählung gut zugehört. Er mag Geschichten. Diese macht ihn nachdenklich, macht ihm ein wenig Angst. Bal-Bes sagt nichts. Brac grunzt. Die plötzliche Stille hat ihn aus dem Schlaf gerissen. Er richtet sich auf und blinzelt gegen den Himmel.

Der Himmel ist dunkel geworden. Kleine weiße Punkte tanzen in der Luft. Brac sagt:
»Ich habe es gewusst. Ich habe Schnee vorausgesagt. Jetzt ist er da. Wir müssen weiter.«
Brac legt sich den Steinbock auf die Schultern. Er geht voran über das Geröllfeld, bergab, auf Os-Acq zu. Sie nehmen einen anderen Weg zurück. Kürzer, sagt Brac. Trotz der schweren Last geht Brac leicht und erklärt Bal-Bes die Namen einiger Berge: »Schwarzes Messer« gegenüber, »Runder-Stein-der-Hohen-Sonne« dort, wo Os-Acq sich teilt. Bal-Bes hört nicht zu. Er sieht auf den Weg, denn der Weg ist schwierig. Die Schneeflocken bleiben zwar nicht auf dem Boden liegen, aber sie machen die Steine nass und rutschig. Und steil, sehr steil geht es bergab.
In einer Rinne liegt Schnee. Er ist hart und schmutzig, noch übrig geblieben vom letzten Winter. Brac stemmt die Fersen in den Schnee, beugt die Knie und rutscht die Rinne hinunter. Wird die Fahrt zu schnell, schiebt er die Fersen tiefer in den Schnee oder stellt die Füße seitwärts. Schnell hat Brac das Ende der Schneerinne erreicht. Er lacht und winkt Bal-Bes zu, es auch zu versuchen.
Bal-Bes zögert. Die Fahrt über die steile Rinne scheint ihm gefährlich. Doch neben dem Schneefeld über die Steine hinunterzuklettern ist mühsam und anstrengend. Bal-Bes stellt sich auf den Schnee und rutscht los. Langsam beginnt er die Fahrt und freut sich, wie leicht es geht. Er stellt die Füße flacher und lässt sie schneller über

den Schnee gleiten. – Zu schnell wird die Fahrt. Bal-Bes bekommt Angst und lehnt sich zurück. Die Füße rutschen weg und er fällt auf den Rücken. Noch schneller wird die Fahrt. Bal-Bes versucht, mit den Fersen zu bremsen, sich mit den Fingern festzukrallen. Nichts hilft. Schneller, immer schneller saust er auf die Steine am Ende des Schneefeldes zu. Bal-Bes schließt die Augen. Gleich kommt der Aufprall am harten Stein. – Zwei starke Hände bekommen sein Hemd zu fassen. Nähte platzen, Leder reißt. Doch die Fahrt ist gebremst. Noch hält Brac ihn fest, obwohl Bal-Bes schon zum Stehen gekommen ist.

Selbst Brac ist blass geworden. Aber schon lacht er wieder und sagt:

»Langsam, langsam. Ich freue mich auch schon auf den Steinbockbraten, aber so eilig habe ich es nicht.« Dann wieder der schwere Schlag auf die Schulter. Der Sturz in die Steine wäre kaum schmerzhafter gewesen.

Vorsichtig gleitet nun Acqtag über das Schneefeld herunter und kommt sicher an. Brac nimmt den Steinbock wieder auf und geht voran.

Der Weg wird leichter, breiter. Bal-Bes und Acqtag gehen nebeneinander. Niemand spricht. Bal-Bes denkt über Acqtags Geschichte nach, denkt an das Gespräch mit Bum-Bum am Morgen. Gedankenversunken fragt Bal-Bes:

»Wer ist Muir?«

Brac blickt sich erschrocken um und stolpert. Acqtag

fasst Bal-Bes' Arm und bohrt seine Finger ins Fleisch. Er beugt sich nahe zu Bal-Bes und flüstert:
»Sprich ihren Namen nicht aus. Nirgends. Niemals. Sie hört alles, sie weiß alles.«
Er lässt Bal-Bes' Arm los und spricht mit leiser Stimme weiter:
»Sie hat große Macht. Mehr Macht als Tanist, der Häuptling. Tanist gibt Rat bei allem, was fest ist: beim Bau der Hütten, bei der Jagd, beim Tausch, bei der Arbeit, beim Kriegszug. Er schlichtet Streit, er spricht bei Festen.
Sie, die große Zauberin, bestimmt über alles, was Geist ist: Sie bewacht die Toten. Sie macht Medizin und heilt die Kranken. Sie spricht mit den Geistern. Sie sieht, was lange vergangen ist, sie sieht, was einmal sein wird. Sie sieht in das Innere der Menschen. Sie ist es, die über die Tau-Tau herrscht. Sie hört alles, sieht alles, weiß alles. Hüte dich vor ihr, Bal-Bes!«
Lange Zeit sagt Acqtag nichts. Dann, ganz leise: »Ich fürchte sie.« – Und dann, kaum hörbar: »Ich hasse sie.«
Dann schweigt Acqtag. Nur das Flackern in seinen Augen spricht.
Bal-Bes fragt nicht weiter.

Die drei Männer gehen schweigend durch den Wald. Der Wald ist dunkel, die Bäume sind riesig und alt. Weiße Wolken hängen zwischen den Bäumen. Flechtenbärte hängen von Zweigen und Ästen. Wurzelklauen krallen sich an großen Felsen fest. Wurzeln, dicker als Bracs Ar-

me. Steine sind von dunklem Moos überwachsen. Es schneit nicht mehr, es regnet leicht. Brac und Acqtag gehen schneller. Sie sind unruhig und blicken öfters um sich. Auch Bal-Bes gefällt der finstere Wald nicht. Der Kopf des toten Steinbocks nickt beim Gehen. Nickt schneller, wenn Brac schneller geht. Die drei Männer bleiben dicht hintereinander. Sie überqueren einen kleinen Bach, der steil zu Os-Acq hinunterstürzt.
Da – eine Stimme. Hohl, hoch, wie der Wind, der über die Höhle streicht:
»Baaaaal – Beeeees!«
Die drei Männer bewegen sich nicht. Mit weit geöffneten Augen blicken sie einander an. Acqtag bricht die Stille und flüstert:
»Das ist sie. Die große Zauberin. Sie hat dich gehört. Sie weiß von dir. Sie ruft dich.«
Dann noch einmal. Die Stimme rollt den Hang herunter:
»Baaaaaal – Beeeeees!«
Bal-Bes fröstelt. Wehrt sich gegen die hohl hallende Stimme. Mag nicht, dass sie ihn ruft. Acqtag drängt ihn leise und eindringlich:
»Sie ruft dich. Du musst zu ihr. Folge dem Bach bergan, dann kommst du zu ihrer Höhle. Lass Bogen und Pfeile zurück. Niemand darf mit Waffen zur großen Zauberin. Geh!«
Bal-Bes gibt Acqtag die Waffen. Schon im Gehen sagt Acqtag:
»Brac und ich gehen weiter. Du findest den Weg allein

zu den Hütten. Nimm dich in Acht vor der Hüterin der Toten!«

Zwei Männer gehen hastig zu Tal. Ein Mann steigt langsam am Rande des Bachbetts hoch. Noch einmal singt die Stimme durch die Bäume, fordernd, fast drohend:

»Baaaaaaaaaaaaal – Beeeeeeeeees!«

Muir

Die Steine sind nass und rutschig. Nur langsam kommt Bal-Bes weiter. Er braucht die Hände zum Gehen. Er hält sich an Wurzeln, kantigen Steinen, Zweigen, Baumstämmen fest. Er zieht sich daran hoch, während die Füße Halt suchen. Manchmal rutscht der Fuß aus und Bal-Bes fällt ins Wasser. Manchmal tritt er Steine los, die polternd in die Tiefe kollern.
Nebel umhüllt Bal-Bes. Er sieht nicht weit. Nur bis zum nächsten Baum, zum nächsten Stein. Dahinter ist nichts, nur ein dampfendes Weiß.
Das enge Bachbett wird weiter. Bal-Bes steht auf einem ebenen Platz. Nach einigen Schritten versperrt eine Felswand den Weg. Dunkel ist der Fels, mit schwarzem Moos bewachsen. Dunkel ist auch der schmale Spalt in der Wand. Gelber Rauch zieht heraus. Bal-Bes steht vor dem Höhleneingang. Aus dem Felsspalt, ganz nah, kommt jetzt die Stimme:
»Bal-Bes, komm herein!«

Bal-Bes schiebt sich durch den Spalt, tritt in das Dunkel der Höhle. Ein kleines Feuer brennt. Der Rauch kratzt im Hals und riecht modrig und süß. Neben dem Feuer, auf einem Stuhl aus Steinbockhörnern, sitzt Muir, die Zauberin.
Muir ist alt. Uralt. Knöchern und verkrümmt sitzt sie da. Sie ist kahl, nur einige weiße, lange Haarsträhnen hängen ihr übers Gesicht, fallen auf die flachen, vertrockneten Brüste. Auf einer Schnur am Hals hängt ein durchlöcherter Stein mit roten Fransen. Um die Schultern trägt sie eine schwarze Decke, die bis zum Boden reicht. Muir sitzt bewegungslos. Eine große weiße Ratte klettert an ihrer Decke hinauf, versteckt sich in einer Falte. Die roten Augen der Ratte zwinkern Bal-Bes zu. Muirs Augen sind hell, fast weiß, und leuchten aus dem ledernen, dunklen Gesicht. Sie blicken auf Bal-Bes, blicken in ihn hinein, blicken durch ihn hindurch. Der zahnlose Mund öffnet sich:
»Setz dich hierher, Bal-Bes!«
Bal-Bes nimmt vor der Zauberin Platz. Braun verkrustete, knöcherne Finger betasten seinen Kopf, sein Gesicht, seine Ohren, seinen Hals, seine Kleidung. Jetzt weiß Bal-Bes: Muir ist blind.
Die Zauberin sagt: »Ja, ich bin blind. Aber ich sehe viel. Ich sehe, was andere nicht sehen können. Ich sehe, dass du von deinem Stamm verstoßen wurdest, vor langer Zeit.« Bal-Bes hält den Atem an. Muir weiß alles. Muir spricht weiter:
»Ich sehe das an deinen abgeschnittenen Ohrläppchen.

Du bist verstoßen und gezeichnet. So ist es Brauch bei den Stämmen an den Ufern von Dau-Kall, der Mutter aller Flüsse. Ich weiß, warum du verstoßen wurdest. Du weißt es auch. Darum wollen wir darüber nicht sprechen.«

Bal-Bes schließt die Augen. Er kann sie nicht mehr ertragen, diese hellen, blinden Augen, die alles sehen, auch das, was lang vergangen ist.

Mühsam steht die Greisin auf, stöhnt dabei. Sie tastet nach dem Stock neben ihr. An einem Ende des Stocks ist eine Astgabel mit weichem Leder umwickelt. Sie klemmt die Astgabel in die Achselhöhle, stützt das andere Ende auf den Boden und fasst mit der Hand in die Mitte des Stocks. Tastend schlurft sie tiefer hinein in die Höhle. Ein Bein schleift sie nach. Tapp – tapp – tapp macht das hölzerne Bein.

In Nischen und Vorsprüngen des Felsens stehen Gefäße. Aus Stein, aus Holz, aus Ton, aus Horn, aus Knochen. – Hohle Schädel. Säfte, Beeren, Salben, Pulver sind in ihnen. In Körben sind Wurzeln und Knollen. Von der Decke hängen getrocknete Pflanzen. Auf Matten trocknen Pilze.

Die Zauberin tappt aus dem Dunkel zurück. Sie setzt sich wieder zum Feuer. Sie ächzt und atmet schwer. Die weiße Ratte sitzt auf ihrer Schulter. Muir sagt: »Genug von dem, was vergangen ist. Jetzt zu dem, was kommen wird.«

Aus einer Falte ihrer Decke zieht die Zauberin einen Lederbeutel. Daraus nimmt sie ein Büschel schwarzer, getrockneter Blätter. Sie wirft die Blätter ins Feuer. Grün lodert die Flamme auf. Süßlich riechender Rauch qualmt und beißt in der Nase. Muir starrt zur Höhlendecke, saugt Rauch durch Mund und Nase ein. Sie zieht den Rauch in ihren Körper. Sie sagt nichts, sagt lange Zeit nichts. Dann spricht sie, leise murmelnd, wie zu sich selbst. Bal-Bes beugt sich näher, um ihre Worte zu verstehen.

»Bal-Bes, du willst über die Großen Berge in das Land der Hohen Sonne. Du suchst neue Wege.«

Muir weiß auch das. Es gibt nichts, was Muir nicht weiß. Ihr Körper hat sich aufgerichtet, ihre Stimme wird lauter, deutlicher. Wie im Traum spricht die Zauberin.

»Ich sehe Os, das wandernde Eis ... Kalt, tückisch, grausam ... Os ist hungrig ... Ich sehe Beth, die Sonne ... sehe, wie sie heraussteigt aus den Großen Bergen, rund und rot ... sie färbt Os' Körper rot ... Ich sehe einen Mann, der über Os' rotes Eis geht ... geht ... geht ... geht ... geht ... Os wartet. Beth, die Sonne, wartet ... Der Mann stürzt. Schreit. Streckt die Hände, um Halt zu finden. Os frisst den Mann. Os ist satt ... Kein Mann mehr. Nur Os ... Os, das wandernde Eis ... Os ... Os ...«

Muir murmelt, schweigt dann. Muirs Kopf biegt sich weit nach hinten, ihre Hände sind zu Fäusten geballt. Speichel rinnt über das Kinn. – Muir spricht weiter. Nur schwer kann Bal-Bes ihre Worte verstehen.

»Os wandert ... wandert ... wandert ... Wandert von der Höhe ins Tal. Wandert lange ... lange ... lange. Oft geht Beth, die Sonne, auf und wieder unter ... oft ...

oft ... oft. Oft steht Buto, der Mond, am Himmel, groß und rund ... Viel, viel Zeit vergeht ... Da, der Mann, vertrocknet, verdrückt, steif, tot. Os gibt ihn frei. Mit ihm ein Beil, Pfeile, Bogen ... Männer, fremde Männer, keine Tau-Tau-Männer, Männer mit fremder Sprache und bunter Kleidung ... kommen, heben den Toten aus dem Eis ... tragen ihn weg ... weg ... weg ...«
Aufrecht und starr sitzt die Zauberin da. Langsam fällt die Starre von ihr ab. Ruckartig sinkt sie in sich zusammen. Sie scheint mit offenen Augen zu schlafen. Ihr Mund steht offen und atmet schwer. Auch Bal-Bes atmet wieder. Seine Nackenmuskeln entspannen sich.
Die weiße Ratte schnuppert an seinen Füßen. Bal-Bes stößt mit dem Fuß nach ihr. Mit einem leisen Pfiff flüchtet die Ratte in Muirs Schoß. Böse starren die roten Augen auf Bal-Bes. Die Seherin streichelt das weiße Fell des Tieres und sagt:
»Bal-Bes, du hast gehört, was ich gesehen habe. Hüte dich. Hüte dich vor Os. – Vor langer Zeit war Os groß und mächtig. Sie streckte ihre Zunge bis zu den Hütten der Tau-Tau, sogar noch weiter, leckte am großen Grünen Fluss. Heute ist Os klein, aber noch immer böse und gefräßig. Darum hüte dich vor ihr. Os ist hungrig.«
Bal-Bes nickt. Er kann nicht sprechen. Trocken der Mund, trocken die Kehle, wie mit heißem Sand gefüllt. Muir nickt auch, spricht weiter:
»Genug von dem, was war, genug von dem, was sein wird. Jetzt zu dem, was ist: Ich bin Muir, Hüterin der Toten, Herrscherin der Lebenden. Menschen verehren

mich. Menschen hassen mich. Viele hassen mich. Hassen mich, weil ich Macht habe. Wissen gibt mir Macht. Wissen über Menschen, die . . .«
Muir spricht nicht weiter. Muir stößt ein heiseres Lachen aus. – Auch Bal-Bes fürchtet die Zauberin. Fürchtet sie, weil sie weiß. Sie weiß seinen Namen, woher er kommt, warum er verstoßen wurde. Woher weiß sie das? Sie, die mit ihren Augen nicht sehen kann. Sie, die mit ihrem Bein kaum gehen kann. Sie, die weit weg von den Menschen allein in einer Höhle wohnt. Bal-Bes weiß es nicht.
Muir spricht weiter:
»Ich bin alt. Sehr alt. Weiß nicht, wie alt. Die Menschen glauben, dass ich nicht sterben kann. Glauben, ich bin wie Os, für immer. Nein. Ich bin Mensch, bin nur für kurze Zeit. – Ich werde sterben. Bald. Ich, die Hüterin der Toten, werde bald selbst zu den Toten gehen. Bald . . . bald . . . Ich weiß. – Genug! – Du kannst jetzt gehen.«
Bal-Bes steht auf, geht leise zum Ausgang und will ins Freie schlüpfen.
»Bal-Bes!« Streng, befehlend ruft ihn die Stimme der Zauberin noch einmal zurück.
Er bleibt stehen, dreht sich um.
Zärtlich streichelt die Zauberin die Ratte. Besorgt, fast bittend, sagt sie:
»Bal-Bes, geh nicht über die Großen Berge!«
Bal-Bes steht im Freien. Tief atmet er die frische Luft ein. Bal-Bes ist froh, weg zu sein aus der dunklen Höhle. Weg von den lichten Augen Muirs, den Augen, die nichts se-

hen, den Augen, die alles sehen. Bal-Bes ist froh, den Besuch bei der Zauberin hinter sich zu haben. – Pfeilhandseitig ein Weg. Der Weg zu den Hütten. Ein leichterer Weg als der steile Abstieg durch das Bachbett. Bal-Bes ist müde, doch er läuft, springt, lacht, schreit, singt. Ahhh – tut das gut nach dem langen Sitzen, dem langen Schweigen. Woohui!

Es wird dunkel. Noch vor Einbruch der Nacht erreicht Bal-Bes die Hütten. Er geht auf das Haus des Häuptlings zu. Feuerschein, Stimmengemurmel, Bratenduft. Bal-Bes tritt ein. Die Menschen in der Hütte zeigen Freude und Erleichterung, dass Bal-Bes zurück ist. Wieder ein Schlag Bracs auf Bal-Bes' geplagte Schulter. Bal-Bes setzt sich ans Feuer. Die Wärme trocknet seine feuchten Kleider.

Alle sprechen von der Jagd, von Bal-Bes' gutem Schuss. Niemand spricht von seinem Besuch bei der Zauberin. Niemand spricht gerne über Muir.

Der Braten ist fertig. Alle essen. Bal-Bes ist hungrig und Steinbockbraten schmeckt gut.

Nach dem Essen zieht Bal-Bes sein ledernes Hemd aus. Es ist alt, und viele Lederflecken sind darauf genäht, um Löcher zu verdecken. Neue Risse sind entstanden. Heute, bei der Abfahrt im Schnee. Bal-Bes seufzt. Er näht nicht gern. Stein-aus-dem-Ohr und ihre Tochter stehen hinter ihm. Die Frau sieht die Narbenzeichnung auf seinem Rücken. Sie fragt:

»Welches Zeichen ist das?«

Bal-Bes dreht sich um und sagt:

»Der große Fisch mit dem langen Bart.« Zu Stein-aus-dem-Mund macht er ein großes, rundes Fischmaul, öffnet die Augen weit und sagt »Blub-blub-blub«. Das Mädchen lacht, die Frau lächelt. Sie sieht Bal-Bes bei der Näharbeit zu. Nach einiger Zeit schüttelt sie den Kopf und lacht.

»Bal-Bes, du kannst Steine aus Ohren ziehen. Nähen kannst du nicht. Gib her!«

Froh und erleichtert, überlässt ihr Bal-Bes das Hemd. Die Frau macht sich an die Arbeit. Wie flink und geschickt ihre Finger sind!

Bal-Bes steckt sein Nähzeug zurück in die Tasche. Die Knochenspitze, mit der Löcher in das Leder gebohrt werden, behält er in der Hand. Er winkt die Tochter von Stein-aus-dem-Ohr zu sich heran. Mit der Knochenspitze zeichnet er in den Lehmboden ein Viereck. Zu Stein-aus-dem-Mund sagt er:

»Das ist die große Hütte vom Fuchs.«

An jeder Ecke und in die Mitte jeder Seite bohrt er ein Loch.

»Das sind die Ausgänge.«

In das große Viereck zeichnet er ein kleineres. Wieder bohrt er Löcher in Seiten und Ecken.

»Das ist die kleinere Hütte vom Fuchs. Das sind die Ausgänge.«

In das kleinere Viereck zeichnet er die ganz kleine Hütte vom Fuchs mit den Ausgängen. Dann verbindet er die Ausgänge durch Striche. Der Platz innerhalb des ganz kleinen Vierecks bleibt frei. Bal-Bes holt schwarze und

weiße Steinchen aus seiner Tasche. Das Mädchen bekommt die weißen, er selbst behält sich die schwarzen. Bal-Bes erklärt:
»Wenn du ein Steinchen auf einen Ausgang legst, ist der Ausgang versperrt. Wenn du drei Ausgänge nebeneinander versperrt hast, rufst du: ›Fuchs, Fuchs, Fuchs, ich hab dich!‹ Dann darfst du eines meiner Steinchen nehmen. Einmal legst du, einmal ich. Du beginnst.«
Stein-aus-dem-Mund lernt schnell. Sie spielt klug und bald versteht sie, Füchse zu fangen. Das erste Spiel gewinnt Bal-Bes. Beim zweiten passt er nicht auf. Er sieht oft hinüber zur Frau, die sein Hemd näht. Zu oft. Die Frau blickt zurück, lächelt. Stein-aus-dem-Mund schreit zum letzten Mal: »Fuchs, Fuchs, Fuchs, ich hab dich!« Bal-Bes hat verloren.
Bal-Bes legt die Hände vors Gesicht und tut, als ob er weint. Das Mädchen lacht. Die Zuseher lachen. Die Frau gibt Bal-Bes das Hemd zurück und sagt:
»Sei nicht traurig. Dafür hast du jetzt ein Hemd, das keine Ausgänge mehr hat. Fuchs, Fuchs, Fuchs, ich hab dich.«

Das Feuer in der Hütte ist niedergebrannt und gibt nur mehr wenig Licht. Bal-Bes rollt sich in sein Schlaffell. Alles ist ruhig. – Leise Schritte kommen auf Bal-Bes zu. Eine dunkle Gestalt bleibt vor ihm stehen. Sie setzt sich neben ihn hin. Bal-Bes sieht nur die schwarzen Umrisse. Die Gestalt beugt sich über ihn, berührt ihn leicht und flüstert:

»Bal-Bes, schläfst du?«
Es ist die Stimme von Acqtag. Bal-Bes richtet sich auf. Acqtag spricht weiter mit flüsternder Stimme:
»Wie war dein Besuch bei der Zauberin?«
»Du hattest Recht. Sie weiß alles. Weiß alles über mich. Sie weiß, was war, was ist, was sein wird. Sie warnte mich vor Os, dem wandernden Eis. Sie sah auf Os einen toten Mann . . .«
Acqtag schweigt lange. Dann fragt er: »Fürchtest du dich vor dem Tod?«
»Ja. – Ich will nicht sterben. Jetzt noch nicht. Später einmal, wenn ich alt bin, werde ich keine Angst vor dem Tod haben.«
Der dunkle Umriss von Acqtags Kopf nickt. Dann sagt Acq-tag:
»Ich fürchte mich auch. Ich will nicht sterben. Nie. Nie . . . Auch nicht, wenn ich alt bin. Ich will immer leben. Wie die Zauberin. Sie kann nicht sterben.« Bal-Bes schüttelt den Kopf.
»Das ist nicht wahr. Auch sie muss sterben. Sie hat es mir selbst gesagt, hat gesagt, dass sie bald zu den Toten gehen wird. Kein Mensch kann immer leben.«
Im schwachen Schein der Glut leuchten und flackern Acqtags Augen. Er sagt:
»Doch! Sie kann. Sieh dir die Hüterin der Toten an. Sieh, wie alt sie ist. Sie war schon alt, als mein Vater ein Kind war. Und sie war schon alt, als der Vater meines Vaters jung war. Wie lange muss es her sein, dass sie jung war? Und wie lange erst, dass sie ein Kind war, dass sie gebo-

ren wurde? Nein, nein. Ich weiß es. Sie kann nicht sterben. Ich weiß es.«

Acqtags Stimme ist lauter geworden. Bal-Bes zuckt mit den Schultern und sagt:

»Ich weiß es nicht. Vielleicht leben wir nach unserem Tode weiter als Geister. Unsichtbar, unhörbar. Im Wasser, im Stein, in hohlen Bäumen wohnend. Vielleicht leben wir weiter in unseren Kindern, vielleicht nur in ihrer Erinnerung. Vielleicht leben wir weiter in den Geschichten unseres Stammes, weil wir Großes vollbracht haben. Ich weiß es nicht. Doch sterben – sterben müssen wir alle.«

Ungeduldig zischelt Acqtag:

»Ich spreche nicht vom Leben nach dem Sterben. Ich meine richtiges Leben, mit meinem Körper, mit meinen Erinnerungen. Für immer leben, ohne gestorben zu sein, ohne je zu sterben. Davon rede ich.«

Acqtag blickt sich um, beugt sich näher zu Bal-Bes und flüstert:

»Ich weiß, warum die Zauberin nicht sterben kann. Weißt du, warum?«

Er wartet die Antwort nicht ab und redet hastig weiter:

»Erinnerst du dich an die Geschichte vom wilden Jäger und der weißen Frau im Eis? Der Jäger hatte einen Zauberstein um den Hals. Der beschützte ihn nicht nur vor Gefahren, der gab ihm auch – Leben für immer. Es war sein Fehler, der Frau den Stein zu geben. Im selben Augenblick starb er. Du erinnerst dich: Menschen fanden den Toten. Der Stein lag neben ihm. Die uralte Frau, die im Toten den wilden Jäger erkannte, war – die Zauberin

der Tau-Tau, die Hüterin der Toten. Und sie ist es noch heute. Sie nahm den Stein des Toten an sich.
Sie trägt den Stein um den Hals. Den Stein mit den roten Fransen. Du hast ihn gesehen. Dieser Stein ist es, der sie nicht sterben lässt. Dieser Stein ist stärker als der Tod. Er macht, dass sie für immer lebt. Glaub mir, Bal-Bes, glaub mir!«
Stille. Nachdenken. – Acqtag steht auf und verschwindet leise im finsteren Raum. Bal-Bes legt sich nieder, er will schlafen.

Bal-Bes liegt wach. Er kann nicht schlafen. Sieht Bilder im Kopf. Sieht Bum-Bum, Brac, Acqtag. Sieht den toten Steinbock, der auf Bracs Schultern mit dem Kopf nickt. Sieht die Höhle von Muir. Sieht Muir und die weiße Ratte mit den roten Augen. Sieht die Bilder, die Muir erzählt. Bilder von Os. Bilder vom toten Mann.
Bal-Bes sieht Bal-Bes. Sieht sich gehen, immer gehen. Gehen von Stamm zu Stamm. Gehen durch Täler, gehen über Berge. Sieht sich nie stehen bleiben. Immer nur gehen, gehen. Fort, fort. Weiter, weiter. Weg, weg. Weg vom eigenen Stamm. Weggejagt. Weg von Hütten, bei denen es schön war. Weggegangen. Weg von Menschen, die Feinde waren. Weggelaufen. Weg von Menschen, die Freunde waren. Weggeschlichen. Bal-Bes mag nicht immer wieder weg, immer wieder weiter, immer wieder fort, immer wieder gehen. Bal-Bes will stehen bleiben. Will bleiben.
Warum nicht hier? Ja. Hier. Bal-Bes hat Freunde hier:

Brac, Bum-Bum, Stein-aus-dem-Mund, Stein-aus-dem-Ohr. Vielleicht auch Acqtag. Muir? – Bal-Bes hat Angst vor ihr. Doch er weiß, Muir will ihm nichts Böses. Muir ist ihm gewogen. Sie will nicht, dass er über die Großen Berge geht. Will Muir, dass er bleibt? – Bal-Bes will bleiben. Will nicht weiter, zu Os, die ihn frisst. Will hier bleiben. Hier bleiben. Hier.

Mord

Morgen sind die Höhen der Großen Berge weiß. Es ist kalt. Bal-Bes sucht den Häuptling, er möchte mit ihm sprechen. Niemand weiß, wo Tanist ist. Acqtag nicht, Brac nicht, auch Stein-aus-dem-Ohr nicht. Bum-Bum hat ihn lang vor Sonnenaufgang weggehen sehen. Weiß nicht, wohin. Bal-Bes wartet. Acqtag schnitzt an einem fingerlangen, runden Stück Holz. Bal-Bes sieht ihm zu. Acqtag spitzt das eine Ende zu, lässt das andere Ende stumpf.

»Was wird das, Acqtag?«

»Ein Spiel. Du wirst sehen.« Acqtag ist fertig. Er holt einen Stock und zeichnet am großen Platz vor der Häuptlingshütte einen Kreis in den Boden. Er legt das zugespitzte Hölzchen hinein. In einiger Entfernung zeichnet er noch einen Kreis. Dann ruft er:

»Wer spielt mit ›Tot, Wolf, tot!‹?«

Viele Kinder wollen. Einige Männer und Frauen auch. Acqtag sagt:

»Ich beginne.«
Die anderen Spieler verteilen sich über den Platz. Acqtag hält den Stock mit beiden Händen an einem Ende. Damit schlägt er auf das Hölzchen am Boden. Er trifft den zugespitzten Teil und das Hölzchen springt wirbelnd hoch. Bevor das Hölzchen zu Boden fällt, schlägt Acqtag wieder zu. Er trifft, und das Hölzchen saust durch die Luft. Acqtag wirft den Stock weg und rennt los. Das Hölzchen fliegt weit und fällt außerhalb des Platzes zu Boden. Ein Kind stürzt schnell hin, hebt es auf und schreit:
»Tot, Wolf, tot!«
Zu spät. Acqtag steht schon im anderen Kreis. Dort ist er sicher. Er ist Sieger. Er darf bestimmen, wer als Nächster schlägt.
»Bal-Bes, du bist dran!«
Bal-Bes zögert. Er kennt das Spiel nicht. Doch er versucht es. – Stock in beide Hände. Schlag hinunter. Das Hölzchen springt hoch. Schlag quer – der Stock saust – erwischt nichts. Das Hölzchen fällt zu Boden. Kinder lachen. Nächster Versuch! Schlag hinunter – das Hölzchen springt – Schlag quer – nichts. Unberührt fällt das Hölzchen wieder in den Kreis. Acqtag ruft Bal-Bes zu:
»Du hast noch einen Versuch. – Wenn jemand ruft: ›Tot, Wolf, tot!‹, musst du stehen bleiben, wo du bist!« Letzter Versuch. Bal-Bes trifft das Hölzchen. Nicht gut, aber doch. In einem Bogen fliegt es auf Acqtag zu. Bal-Bes rennt. Acqtag fängt das Hölzchen, ruft laut:
»Tot, Wolf, tot!«
Bal-Bes bleibt stehen. Er hat noch nicht den anderen

Kreis erreicht. Die Schritte von ihm zum Zielkreis werden gemessen. Neun Schritte. Bal-Bes bekommt als Strafe neun Schläge auf den Rücken. Nur zum Spaß. Nur leichte Schläge. Ein Glück, dass Brac nicht mitspielt.

Tanist ist zurückgekommen. Seine Schuhe sind nass, an seiner Kleidung hängen Tannennadeln und dürre Blätter. Nicht schwer zu erraten, wo er war. Er brummt vor sich hin.

»Kein Glück mit meinen Fallen. Wieder nichts.«

Er setzt sich in die Sonne vor der Hütte und lässt sich eine große Schale mit Methe bringen. Er macht einen langen Zug und grunzt. Tanist ist schlechter Laune. Bal-Bes setzt sich neben ihn. Sagt nichts. Weiß nicht, wie beginnen. Weiß nicht, ob es die richtige Zeit ist, den Häuptling zu fragen. Schlechte Laune ist nicht gut beim Sprechen. Schlechte Laune trifft schlechte Entscheidungen. Bal-Bes wartet. Tanist trinkt. Vielleicht macht Methe die Laune besser. – Bal-Bes wartet nicht länger:

»Tanist, ich habe einen Wunsch.«

Tanist sagt nichts. Mit einem Auge blinzelt er in die Sonne, das Steinauge blinzelt nicht.

»Tanist, ich möchte hier bleiben. Ich möchte bei den Tau-Tau bleiben. Ich möchte ein Tau-Tau werden.«

Tanist blinzelt weiter in die Sonne. Er tastet nach seinem Becher. Trinkt. Rülpst. Sagt:

»Warum?«

»Ich bin müde vom Gehen. Ich will nicht mehr weitergehen. Ich mag den Platz. Ich mag die Tau-Tau. Ich mag den großen Häuptling Tanist. – Nein, ich verehre ihn.«

Bal-Bes verbeugt sich gegen den Häuptling. Tanist ist geschmeichelt. Er lächelt. Er richtet sein verrutschtes Steinauge gerade, wendet sich Bal-Bes zu und sagt:
»Du sprichst süße Worte. Süße Worte ändern meine Entscheidungen nicht. Doch was du sagst, ist wahr. Den Tau-Tau geht es gut. Denn sie haben einen weisen Häuptling, der dafür sorgt, dass sie genug zu essen haben, dass ihre Hütten stark sind, dass Friede herrscht. Tanist sorgt dafür.«
Tanists schlechte Laune ist weg. Er trinkt einen Schluck Methe und spricht weiter:
»Bal-Bes ist ein guter Jäger. Brac sagt das, und Bracs Wort zählt. Die Tau-Tau brauchen gute Jäger. Bal-Bes ist viel gegangen, hat viel gesehen. Bal-Bes weiß viel. Er weiß Dinge, die den Tau-Tau Nutzen bringen. Doch – Bal-Bes ist schlecht im Spiel ›Tot, Wolf, tot!‹« Tanist sieht Bal-Bes' erschrockenes Gesicht. Er lacht laut auf und schlägt sich mit der Hand auf den Schenkel.
»Nur Spaß, Bal-Bes, nur Spaß. Du brauchst nicht erschrocken zu sein. – Es ist gut für die Tau-Tau, dass Bal-Bes hier bleiben will. Und es ist gut für Bal-Bes. Ich, Tanist, sage das.«
Bal-Bes will antworten, will danken. Doch Tanist hebt die Hand und gebietet zu schweigen.
»Ich bin mächtig im Stamm der Tau-Tau. Ich bin mächtig, weil ich den Rat anderer höre und guten Rat befolge. Ich will den Rat der Weisen hören, dann erst entscheiden, ob Bal-Bes bleiben kann. So ist es Brauch.«
Tanist leert den Becher mit Methe. Der Häuptling will

weitersprechen, doch er weiß nicht recht, wie. Er kratzt sich am Kopf, nimmt das Steinauge aus dem Kopf, drückt es wieder hinein und sagt dann fast ärgerlich:
»Noch etwas ist Brauch. Die große Zauberin muss gefragt werden. Ohne ihr Einverständnis kannst du nicht bleiben. Leider. So ist es Brauch.«
Tanist murmelt etwas vor sich hin, das Bal-Bes nicht verstehen kann. Dann sagt der Häuptling:
»Du musst zur Zauberin gehen. Du musst sie fragen, ob du bleiben kannst.«
Tanist blickt zum Himmel. Er zeigt mit der Hand auf die dunklen Wolken, die hinter den Großen Bergen aufsteigen. Die Wolken überziehen den Himmel und verdecken Beth, die Sonne.
»Bal-Bes, geh bald! Schnee kommt!«

Bal-Bes geht bald. Der Himmel ist dunkel geworden. Kein Wind bläst und es riecht nach Schnee. Bal-Bes überquert Wind-Acq, dann steigt er den Hang bergan durch dichten Wald, neben steilen Felsen.
Bal-Bes geht nicht gerne zu Muir. Sie weiß zu viel. Sie weiß, dass Bal-Bes von seinem Stamm verstoßen wurde. Sie weiß, warum. Bal-Bes fürchtet sich vor Muirs Entscheidung. Fürchtet, dass sie Nein sagen könnte. Nein zum Bleiben. Fürchtet, dass er weitergehen muss. Wie immer.
Es ist die Zeit, in der Beth, die Sonne, am höchsten steht. Doch heute ist es dunkel. Tief hängen die dunklen Wolken am Himmel. Sie verdecken die Berge und streifen

die Baumspitzen. Bal-Bes' Weg führt vorbei an großen Felsen mit Höhlungen, Winkeln, Verstecken. Bal-Bes bleibt stehen und horcht. – Stille. – Nein. – Schritte. Schritte, die ihm entgegenkommen. Hastige Schritte, unachtsame Schritte. Schritte, die Steine ins Kollern bringen, die über Wurzeln stolpern. Näher. Näher. – Ein Mann kommt hinter einem Fels hervor. Er bleibt erschrocken stehen, als er Bal-Bes sieht.

Es ist Bum-Bum. Bum-Bum ist unruhig, aufgeregt. Er versteckt die Hände hinter seinem Rücken und blickt zu Boden. Blickt nicht auf Bal-Bes. Er kichert und sagt dann:

»Bum-Bum wollen jagen. Wollen jagen Steinbock. Nicht finden. Bum-Bum nicht gut Jäger. Nur finden Ratte.«

Hinter seinem Rücken holt er eine tote Ratte hervor. Er hält sie am Schwanzende. Die Ratte ist weiß. Ihre roten, toten Augen starren Bal-Bes an.

Bum-Bum macht ein paar Schritte zur Seite. Die Ratte baumelt. Bum-Bum macht einen Bogen um Bal-Bes. Schiebt sich an der Felswand vorbei. Behält Bal-Bes im Auge. Geht weiter, immer auf Bal-Bes zurückblickend. Aus sicherer Entfernung ruft er Bal-Bes zu:

»Stein von Bal-Bes nicht gut für Bum-Bum. Bum-Bum noch immer krank. Nur Stein von Mu. . ., nur Stein von groß Zauberin gut. Nur Zauberstein heilen bös Traum von Bum-Bum. Arm Bum-Bum.«

Bum-Bum beginnt zu laufen, dreht sich um, blickt zurück, läuft, blickt zurück, stolpert, läuft, verschwindet in der Dunkelheit des Waldes. Von weit weg hört Bal-Bes sein kicherndes Lachen.

Bal-Bes ist kalt geworden. Langsam geht er weiter, bergauf, zur Höhle Muirs.

Aus Muirs Höhle steigt kein Rauch. Krähen flattern hoch und krächzen zornig, als Bal-Bes näher kommt. Bal-Bes betritt die Höhle.
Drinnen ist es dunkel. Kein Feuer brennt. Der Steinbockstuhl ist umgestoßen. Daneben liegt Muir am Boden, die weißen Augen offen. Muir ist tot.
Lange Zeit steht Bal-Bes da. Starr. Leere im Kopf. Weiß nicht, was tun. Dann geht er auf die Tote zu und beugt sich über die alte Frau. Ihr Mund steht weit offen. Ihr Gesicht ist blau angelaufen. Schrammen und dunkle Flecke am Hals – Spuren der Finger, die sie erwürgten. Krampfhaft halten ihre Hände einen Knochen umklammert, auf dem Tierbilder eingeschnitzt sind. Muir hält den Knochen so, dass nur das Bild des Wolfs zu sehen ist. Die anderen Tiere werden von ihren Fäusten verdeckt.
Etwas fehlt.
Der Stein mit den roten Fransen fehlt. Er hängt nicht mehr an ihrem Hals. Er liegt nicht neben ihr. Bal-Bes bedeckt das Gesicht der Toten mit einem Zipfel ihrer schwarzen Decke. Er mag nicht mehr ihre toten Augen sehen. Er mag nicht mehr die Tote sehen. Bal-Bes will weg.
Am Höhlenausgang hört er Stimmen. Nicht mehr weit entfernt. Männerstimmen, Frauenstimmen. Laut schreiend, aufgeregt. Vorsichtig blickt Bal-Bes aus der Höhle. Viele Menschen kommen. Fäuste sind drohend erhoben.

Einige Fäuste schwingen Stöcke. Allen voran Bum-Bum. Hinter ihm Tanist, Brac, Acqtag, andere. Bum-Bum schlägt mit den Armen wild um sich und zeigt auf die Höhle, winkt den anderen, schnell zu kommen.

Bal-Bes taumelt zurück in die Höhle. Bal-Bes weiß Bescheid. Er weiß, dass die Tau-Tau ihn für den Mörder Muirs halten. So ist es Brauch: Der Fremde hat Schuld an allem Unglück. Der Fremde ist immer der Mörder. Bal-Bes läuft in den hinteren Teil der Höhle, sucht ein Versteck. Hinter einem herabhängenden Fell findet er eine schmale Öffnung im Fels. Ein enger Gang führt tiefer hinunter in den Berg. Bal-Bes schlüpft hinein und macht einige Schritte in die Dunkelheit. Er bleibt stehen, hält den Atem an, lauscht. Er hört sein Herz pochen.

Vor der Höhle sind die Menschen still geworden. Leise treten sie ein. Lange Zeit stehen sie still. Dann Gemurmel, das lauter wird, drohend laut wird. Zornige Schreie. Brüllen. »Bal-Bes!«, schreien die Menschen. »Bal-Bes!«, schreien die Wände der Höhle zurück.

Bal-Bes hört, wie einige Menschen in den Hintergrund der Höhle kommen. Dorthin, wo er steht. Weg hier! Weiter in den Gang hinein, tiefer in den Berg. Die Dunkelheit schützt. Schützt vor Entdeckung. Mit den Fingerspitzen an den Felswänden tastet sich Bal-Bes weiter. Niemand folgt ihm. Plötzlich berühren seine Finger etwas Weiches, Ledriges. Seine Finger zucken zurück. Im matten Lichtschein sieht Bal-Bes eine Gestalt, kauernd in einer Felsnische.

Die Gestalt ist ein Mensch. Der Mensch ist tot. Schon lan-

ge tot. In den Augenhöhlen sind keine Augen. Vertrocknet. Vertrocknet ist der Körper. Vertrocknete Haut spannt sich über Knochen. Die Haut ist mit roter Farbe beschmiert. Die dünnen Arme und Beine sind angezogen, eng an den Körper gefesselt. Um den Hals des Toten hängt ein gefüllter Lederbeutel.
Bal-Bes macht einen Schritt zurück, weg von dem Toten. Er stößt mit dem Rücken an etwas, das nicht Fels ist. Er blickt sich um. – Wieder ein Toter. Er hockt in einer Felsspalte und grinst Bal-Bes an. Bal-Bes sieht weitere Tote. Zusammengeschnürt kauern sie auf Felsvorsprüngen, in Nischen, in Spalten. Langsam beginnt Bal-Bes zu verstehen: Muir war die Hüterin der Toten.
Bal-Bes versteht nicht, warum er hier sehen kann. Hier, im Inneren des Berges. – Bal-Bes entdeckt schwachen Lichtschein, weit weg, in den Tiefen der Höhle. Bal-Bes geht darauf zu, geht hinunter über unregelmäßige Stufen. Arme und Hände presst er eng an den Körper. Er will vermeiden, die Wände zu berühren. Er hat Angst, an Toten anzustoßen. Die Luft ist trocken. Bal-Bes' Hals ist trocken. Der süßliche Geruch erzeugt Ekel. Bal-Bes kämpft gegen Übelkeit. Er kommt dem Lichtschein näher.
Plötzlich stößt Bal-Bes' Fuß an etwas. Bal-Bes stolpert. Fällt, rollt und rutscht weiter. Bleibt liegen. Nicht weit von ihm liegt der Tote, über den er gefallen ist. Bal-Bes liegt in einem großen Raum. Überall die verschnürten, rot gefärbten, vertrockneten Körper. Vom Boden bis zur Höhlendecke reichen die hölzernen Gestelle, auf die die

Toten geschlichtet sind. Eng sitzen sie beieinander, alle tragen einen Lederbeutel um den Hals.
Bal-Bes richtet sich auf. Jetzt sieht er, woher das Licht kommt: In einer Ecke der Höhle steht eine Frau; sie hält eine Fackel in der Hand. Die Frau ist weiß. Alles an ihr ist weiß. Weiß das lange Haar, weiß die Haut, weiß die Lippen. Ihr Umhang ist aus weiß gefärbtem Leder. Nur das Weiß ihrer Augen ist von roten Äderchen durchzogen. Ihre Augen schimmern rötlich. Die Frau ist jung, fast noch ein Mädchen. Ihre Stimme ist tief und weich und leise. Wie Schritte im frisch gefallenen Schnee. Sie sagt:
»Ich kenne dich. Du bist Bal-Bes, der weit gegangen ist. Muir hat mir von dir erzählt. – Ich bin Ambika. Ich war ihre Dienerin. Ihre Helferin, ihre Schülerin. – Muir ist tot. Nun bin ich ihre Nachfolgerin. Ambika ist die neue Zauberin der Tau-Tau. Ambika ist die neue Hüterin der Toten. Ich habe die Geheimnisse Muirs gelernt. Ambika wird herrschen, wie Muir geherrscht hat. Doch noch weiß niemand von mir. Noch weiß niemand, dass es Ambika gibt.«
Ambikas Gesicht ist starr wie eine Maske. Starr blicken die rötlich schimmernden Augen auf Bal-Bes. Nur die blutleeren Lippen bewegen sich, wenn Ambika spricht.
»Was willst du noch wissen, Bal-Bes? Frag! Ich werde dir antworten, weil ich weiß, dass du bald sterben wirst. Oben, bei Os. Muir hat es gesehen, Muir hat es gesagt. Muir hat nie geirrt.«
Bal-Bes kann nicht sprechen. Sein Mund ist trocken, das Atmen fällt ihm schwer. Bal-Bes' Augen blicken auf die

Toten, auf die Reihen von Toten. Nebeneinander, übereinander. Seine Augen blicken auf die weiße Frau. Seine Augen fragen. Ambika antwortet:
»Das ist die Höhle der Toten. Jeder tote Tau-Tau wird hierher gebracht. Hier verfaulen die Körper nicht, hier trocknen sie ein, bleiben erhalten. Der Körper ist wichtig für den Toten. Ohne ihn kann der Tote nicht weiterleben. Die rote Farbe an den Leichen soll zeigen, dass noch geheimes Leben in ihnen ist. Die Fesseln verhindern, dass die Toten Unheil anrichten. Im Lederbeutel um den Hals sind Dinge, die sie brauchen. In ihrer Welt. Ich, Ambika, wache über sie. Ich bin nun die Hüterin der Toten.«
Sie zeigt auf den Toten neben Bal-Bes.
»Ein Häuptling der Tau-Tau. Tot, seit langer Zeit. Auch Häuptlinge sterben.«
Zum ersten Mal sieht Bal-Bes Ambika lächeln, sieht, dass es ein grausames Lächeln ist. Sie geht auf den toten Häuptling zu und sagt:
»Hilf mir, ihn wieder an seinen Platz zu stellen!« Bal-Bes staunt, wie leicht der Körper ist. Die Haut fühlt sich steif und ledrig an. Der Tote sitzt wieder an seinem Platz. Bal-Bes wischt sich den Staub von den Händen. Ihn ekelt. Ambika sieht das und sagt:
»Ich bin gerne hier. Hier in der Höhle bei den Toten. Ich mag das Licht der Sonne nicht. Die Sonne tut meinen Augen weh, tut meiner Haut weh. Die Dunkelheit ist gut für mich!«
Sonne! Das erinnert Bal-Bes an draußen. Erinnert ihn an

das, was geschehen war. Muir tot. Und alle glauben, dass ... Bal-Bes hat eine wichtige Frage:
»Du weißt, dass Muir tot ist. Weiß du, wer ihr Mörder ist?«
»Ich weiß es.«
»Wer?«
Ambika schweigt. Ihre roten Augen starren Bal-Bes an.
»Wer, Ambika, wer war es? Sag es mir!«
Bal-Bes hat laut und drängend gesprochen. Die Hüterin der Toten antwortet ruhig:
»Ich bin die Zauberin der Tau-Tau. Die Zauberin hat Macht. Sie hat Macht, weil sie mehr weiß als die anderen. Ich weiß, wer der Mörder ist. Das gibt mir Macht über den Mörder. Macht schenkt man nicht her. Darum sage ich nichts, Bal-Bes. Noch nicht. Später einmal. Vielleicht.«
Wieder das grausame Lächeln. Bal-Bes bittet, schreit:
»Ambika, du musst es sagen! Mir. Den Tau-Tau. Sie glauben, dass ich der Mörder bin. Sie werden mich jagen, sie werden mich töten. Du weißt, dass ich Muir nicht getötet habe. Sag es ihnen! Du musst!«
Bal-Bes hat die Fäuste geballt und macht einen Schritt auf die weiße Zauberin zu. Wieder lächelt Ambika. Sie weicht zurück und steckt die Fackel in ein Gefäß. Das Feuer zischt. Das Licht geht aus. Schritte entfernen sich von Bal-Bes. Werden leiser. Es ist still. Es ist finster. Bal-Bes ist allein.
Augen können in der Dunkelheit nicht sehen. Bal-Bes' Finger müssen den Ausgang finden. Bal-Bes' Finger tas-

ten. Zuerst am Boden, dann an einer Felswand entlang. Die Finger berühren glatten Fels, rauen Fels, Vertiefungen, Vorsprünge, Risse, Kanten. Die Finger zucken zurück, wenn sie einen Toten ertasten. Die Füße tasten auch. Tasten nach Stufen, Abgründen, Hindernissen. Die Füße machen kleine Schritte. Vorsichtig, Schritt für Schritt schieben sie sich am Boden weiter.

Die Finger tasten keine Wand mehr, greifen ins Leere, tasten im Nichts. Nichts ist ein Gang im Fels. Bal-Bes tastet sich in den Gang, tapst den Gang entlang. Die Finger sagen ihm: enger Gang, rauer Fels an beiden Seiten. Die Füße sagen: unregelmäßige Stufen, bergan. Langer Gang. Bal-Bes wird unsicher. An die Stufen erinnert sich Bal-Bes. Aber der lange, lange Gang? Der war beim Hereinkommen kürzer. Der falsche Weg? Angst steigt in Bal-Bes auf. Der falsche Weg! Der falsche Weg!, schreit die Angst. Die Angst kommt in Wellen. Schneller und schneller kommen die Wellen. Sie stürzen sich auf Bal-Bes, nehmen ihm die Luft. Bal-Bes will schreien, will laufen. Will hinaus, hinaus! Will nicht hier bleiben, bei den Toten, in der Finsternis, im Berg.

Die Wellen der Angst werden kleiner, kommen langsamer. Bal-Bes kann wieder denken. – Der Weg ist richtig. Die Stufen stimmen, die Richtung stimmt. Bal-Bes ist sich sicher. Weiter!

Seine Finger tasten. Fels, Fels, Fels, ein Toter, Fels, Fels, ein Toter, Fels, Fels, Fels, Fels. Dann aus. Fels vor ihm, Fels zu beiden Seiten. Der Weg geht nicht mehr weiter. Der Gang ist zu Ende. Doch der falsche Weg! – Wieder kommt die Angst hoch. Bal-Bes kämpft sie nieder. Versucht ruhig zu bleiben. – Der einzige offene Weg ist der Weg zurück. Bal-Bes graut. Er mag nicht zurück, zurück in den Raum mit den vielen Toten. Sein Verstand sagt ihm: Er muss. Finger tasten den langen Weg zurück. Fels, Fels, Fels, ein Toter, Fels, Fels, nichts, nichts, Fels. Nichts? Diesen Seitengang hat Bal-Bes übersehen. Sicherlich führt er zum Ausgang. Bal-Bes hofft wieder.

Seine Hoffnung trügt. Der Gang führt Bal-Bes in neue Gänge, abzweigend vom alten, enge Gänge, durch die sich Bal-Bes mühsam durchzwängt, niedrige Gänge, die, am Bauch liegend, durchkrochen werden müssen, Gänge, die auf steilen Stufen tief hinunterführen, andere, die bergan führen auf glitschigen Wegen. Gänge winden und krümmen sich wie Schlangen, Gänge verzweigen sich, mehr und mehr, wie die Äste des Baumes. Nur tastend sehen die Finger in der Dunkelheit und zucken erschrocken zurück, wenn sie einen Toten ertasten.

Bal-Bes gibt auf. Er weiß, er wird den Ausgang nicht finden. Erschöpft setzt er sich hin. Neben ihm hockt ein Toter. Bal-Bes stört es nicht mehr. Bal-Bes hat keine Angst mehr, fühlt nur mehr Verzweiflung. Bal-Bes weiß nicht, wie lange er durch den Berg geirrt ist. Bal-Bes hat die Zeit verloren. Tag? Nacht? Heute? Morgen? Er weiß es nicht. Die Dunkelheit hat ihm die Zeit genommen. Bal-Bes weiß nicht, wie lange er sitzt. Weiß nicht, ob er schläft. Weiß nicht, ob er lebt. Die Dunkelheit nimmt ihm das Wissen.

Bal-Bes sieht vor sich einen Lichtschein. Ganz schwach.

Er reibt sich die Augen. Er schließt die Augen und öffnet sie wieder. Der Lichtschein ist noch da. Bal-Bes glaubt seinen Augen nicht. Er bleibt sitzen. Der schwache Lichtschein bleibt vor seinen Augen. Da springt Bal-Bes auf. Er stößt sich den Kopf an einem Felsvorsprung. Er fühlt es nicht. Bal-Bes stolpert hin zum Licht. Der Lichtschein verschwindet. – Noch einige Schritte – das Licht ist wieder da. Bal-Bes läuft. Läuft aus Gier nach Licht. Gier nach Licht ist größer als Gier nach Essen, nach Trinken. – Licht! Endlich Licht! – Bal-Bes steht in der Höhle Muirs. Die düstere Höhle – wie hell sie ist!

Die Höhle ist leer. Die Menschen sind weg. Muirs Leiche ist weg. Bal-Bes geht zum Ausgang, schaut hinaus und schaut ins Weiß. Es schneit. Dicht fallen große Flocken und machen die Welt weiß. Es ist ganz still. Bal-Bes atmet tief die frische Luft ein. Die Helle blendet. Bal-Bes schließt die Augen. Licht kommt durch die Augenlider. Bal-Bes fühlt sich wie beim Erwachen nach einem bösen Traum. Er fühlt sich leicht. Leicht wie Schneeflocken.

Viele Spuren gehen von der Höhle weg. Fußspuren der Tau-Tau. Bal-Bes geht den Spuren nach. Er geht in die Richtung der Hütten. Von einem Felsvorsprung aus sieht er die Hütten unten im Tal. Rauch steigt von den Hütten auf. Wärme, Essen, Menschen. Bal-Bes wird traurig. Die Hütten sind nicht für ihn. Nicht mehr. Knisterndes Feuer, Bratenduft, Lachen und Sprechen – das ist vorbei für Bal-Bes. Für die Menschen in den warmen Hütten ist Bal-Bes der Fremde, der Mörder Muirs.

Bal-Bes setzt sich unter einen Felsvorsprung, um gegen

den Schneefall geschützt zu sein. Er kann von hier aus die Hütten sehen, kann das Tal überblicken. Bal-Bes hört Trommelschläge. Laut dröhnen die Schläge vor den Hütten, leise hört sie Bal-Bes in seinem Unterstand. Die Trommeln rufen: »Kommt! Kommt zusammen, Menschen der Tau-Tau! Gemeinsam wollen wir ihn jagen, den Mörder Muirs!« Menschen kommen aus den Hütten, kommen zum großen Platz vor der Häuptlingshütte, stehen dicht nebeneinander. Sie stehen eine Weile und teilen sich dann. Ein Teil der Menschen geht talaufwärts, Os-Acq-aufwärts. Sie haben Hunde bei sich. Die Hunde stürmen voran, durchstöbern Büsche, beschnüffeln Verstecke, laufen zurück zu den Menschen, stürmen wieder voraus. Leise hört Bal-Bes ihr Bellen. Bal-Bes kann die Menschen nicht erkennen. Sie sind zu weit weg, zu klein. Nur eine hohe Gestalt ragt heraus, geht allen voran: Brac.
Bal-Bes mag Brac. Nun jagt ihn Brac, sucht seine Spur, will ihm den Weg abschneiden. Den Weg über die Großen Berge. Bal-Bes weiß: Brac wird Bal-Bes töten, wenn er ihn erwischt. Oder Bal-Bes tötet Brac. Bal-Bes denkt nach. Kann er zu den Hütten gehen und sagen: »Hier bin ich. Ich habe die Zauberin nicht getötet. Glaubt mir!« Kann er das? Bal-Bes weiß – das kann er nicht. Er kennt den Brauch: Dem Fremden darf man nicht glauben. Der Fremde lügt. Der Fremde ist böse. Tötet den Fremden. So ist es Brauch. Der Übergang über die Großen Berge ist Bal-Bes versperrt. Der Weg zurück ist offen. Vielleicht. Bal-Bes wird den Weg zurück nehmen. Doch er braucht

seine Waffen, seine Ledertasche mit dem Schlaffell, den Feuersteinen und anderen wichtigen Dingen. Ohne die muss Bal-Bes verhungern, erfrieren. Er wird in der Nacht zu den Hütten schleichen, seine Sachen holen und gehen. Schnell gehen. Os-Acq-abwärts. Zurück. Bal-Bes wartet auf die Nacht. Noch ist es zu hell, um zu den Hütten zu schleichen. Bal-Bes friert, Bal-Bes ist hungrig. Es schneit nicht mehr. Die dunklen Wolken ziehen weg. Bal-Bes sieht die Sonne hinter dem Schwarzen Messer untergehen. Es wird dämmrig, es wird kalt.
Ein Mensch geht weg von den Hütten. Der Mensch überquert Wind-Acq und betritt den Weg zu Muirs Höhle. Der Mensch trägt ein großes Bündel. Bal-Bes drückt sich tiefer in den Felsvorsprung. Sein Versteck kann vom Weg aus nicht gesehen werden. Bal-Bes wartet.
Er braucht nicht lange zu warten. Der Mensch, der die Hütten verlassen hat, taucht bald am Weg unter Bal-Bes' Versteck auf. Bal-Bes ist erstaunt und verwirrt. Es ist Stein-aus-dem-Ohr, die schnell durch den Schnee bergan geht. Sie trägt Bal-Bes' Waffen und seine Tasche. Die Frau bleibt stehen. Sie sieht die Fußspuren, die zu Bal-Bes' Versteck führen. Frische Spuren im Schnee – eine deutliche Sprache. Bal-Bes ärgert sich über seine Unachtsamkeit.
Bal-Bes zeigt sich. Er geht auf Stein-aus-dem-Ohr zu. Er bleibt vor ihr stehen und sagt:
»Ich habe die Zauberin nicht getötet.«
Lange sieht die Frau Bal-Bes an, ohne zu sprechen. Dann sagt sie:

»Ich glaube dir. Aber die anderen Tau-Tau werden dir nicht glauben. Sie glauben, dass du der Mörder der Zauberin bist. Sie wollen dich fangen, sie wollen dich töten. Du musst weg.«

Sie gibt Bal-Bes Bogen und Pfeile, das Beil und die Ledertasche. Bal-Bes' Finger streichen zart über die Wangen der Frau. Er sagt:

»Ich bin froh, dass du mir glaubst. Ich bin froh, dass du mir hilfst. Nicht oft wird dem Fremden geholfen. – Ich wollte bei den Hütten der Tau-Tau bleiben. Ich wollte ... Doch jetzt muss ich weiter. Die Tau-Tau wollen den Tod der Zauberin rächen. Wollen Rache für die, die sie fürchteten, die sie hassten. Und wollen Rache nehmen an dem, der sie nicht getötet hat. Rache ist blind. Oft trifft sie den, der keine Schuld hat. Ich mag den Brauch der Rache nicht.«

Stein-aus-dem-Ohr nickt.

»Rache ist Brauch. Der Brauch ist schlecht. – Doch wir können ihn nicht ändern. Du musst gehen. Geh nicht zu den Hütten. Männer warten dort auf dich, glauben, dass du deine Sachen holst. – Geh nicht den Weg zurück zum Grünen Fluss. Männer versperren den Weg. – Geh auch nicht den leichten Weg über die Großen Berge, den Weg über Os-Acq-Morgen. Dort warten sie auf dich. – Nur ein Weg bleibt offen. Der schwere, lange Weg über die Großen Berge, der Weg über Os-Acq-Abend, der Weg über Os. Der gefährliche Weg. Der einzige Weg, der noch offen ist. Ihn musst du gehen. Du musst.«

Die Frau holt aus ihrem Umhang ein Paar Schuhe. Sie

sind aus Leder, schön genäht, mit Riemen zum Festbinden. In den Schuhen ist weiches, wärmendes Heu. Sie gibt Bal-Bes die Schuhe und sagt:
»Hier. Es wird kalt. Für den Weg über die Großen Berge brauchst du gute Schuhe.« Und mit einem traurigen Lächeln sagt sie: »Fuchs, Fuchs, Fuchs, noch haben sie dich nicht. Noch ist ein Ausgang offen.« Bal-Bes nimmt die Schuhe. Aus seiner Tasche holt er den Lederbeutel mit den schwarzen und weißen Steinen. Er gibt ihn der Frau.
»Für Stein-aus-dem-Mund, deinen kleinen Fuchs. Sie spielt schlau. Sie lässt sich nicht fangen.«
Beide lächeln traurig. Im Weggehen sagt die Frau:
»Warte noch, bis der Mond kommt. Heute ist Buto groß und rund. Er wird deinen Weg beleuchten. Dann geh schnell. Fuchs, Fuchs . . .«
Die Frau dreht sich schnell um, läuft den Weg hinunter.
Bal-Bes ruft ihr nach:
»Stein-aus-dem-Ohr, wie heißt du wirklich?«
Ohne sich umzudrehen, ruft sie:
»Mir gefällt mein neuer Name. Ich möchte Stein-aus-dem-Ohr heißen.«
Dann läuft sie in die Dämmerung.

Flucht

Buto, der Mond, ist groß und rund. Er scheint über das verschneite Tal, durch das sich Os-Acq windet. Er scheint auf die steilen Felswände, die ganz nah an Os-Acq herangetreten sind, seinen Lauf behindern und den Bach laut und zornig rauschen lassen. Buto lacht über den Zorn des Baches. Er lacht auch über den Mann, der zwischen den Felswänden und dem zornigen Bach seinen Weg sucht. So klein ist der Mann, so groß sind die Berge, die Buto bescheint.

Bal-Bes geht gut in den neuen Schuhen. Er geht weich und warm in den Schuhen aus Leder und Heu. Die Schuhe treten auf Schnee, treten in Stapfen, die andere Schuhe getreten haben. Viele Spuren sind vor Bal-Bes, Spuren von Menschen und Hunden.

Bal-Bes bleibt stehen. Vor ihm ragt der Berg auf, den Brac Runder-Stein-der-Hohen-Sonne nennt. Hier teilt sich Os-Acq in Os-Acq-Morgen und Os-Acq-Abend. Vorsichtig und leise geht Bal-Bes weiter. Er bleibt im Schatten, er umgeht die Stellen, die der Mond beleuchtet. Oft bleibt Bal-Bes stehen, hinter Bäumen, hinter Büschen, hinter großen Steinen. Angestrengt lauscht er und blickt nach vorn. So sieht Bal-Bes den Wächter, bevor der Wächter Bal-Bes sieht.

Der Wächter bewacht den Platz, an dem die Wege sich teilen. Er steht auf einem freien, vom Mond beschienenen Platz. Ein Fehler, über den Bal-Bes sich freut: Er kann den Wächter schon von weitem sehen. – Bogenhandseitig führen viele Spuren ins Tal von Os-Acq-Morgen. Das ist der Weg, den Bal-Bes nicht gehen darf. Bal-Bes muss pfeilhandseitig gehen, den Weg ins Tal von Os-Acq-Abend. Dorthin ist der Schnee unberührt. Keine Spuren führen dorthin.

Bal-Bes geht zurück. Er findet eine Stelle, an der er den steilen Hang erklettern kann. Er versucht auf Stellen zu treten, an denen kein Schnee liegt. Er versucht, keine Spuren zu machen. Er möchte seinen Verfolgern nicht zurufen: »Seht her – hier bin ich gegangen!« – Leise und vorsichtig klettert Bal-Bes hoch. Er will den Wächter umgehen. Er behält den Wächter im Auge. Der Wächter geht auf und ab, um sich warm zu halten. Wendet der Wächter Bal-Bes den Rücken zu, huscht Bal-Bes über offene Plätze, die der Mond bescheint. Sorgfältig treten die Füße auf. Kein Stein darf ins Rollen kommen, kein dürrer Zweig knacken. Manchmal blickt der Wächter auf und schaut in Bal-Bes' Richtung. Dann hockt Bal-Bes versteckt hinter einem Baum, in einer Mulde, hinter einem Felsen. Der Wächter kann Bal-Bes nicht sehen.

Weit hinter dem Wächter steigt Bal-Bes wieder hinunter zum Bach. Zu Os-Acq-Abend, dem Bach, den er entlanggehen muss, bachaufwärts, bis er zu Os kommt. Was aber, wenn Bal-Bes das wandernde Eis erreicht hat? Bal-Bes weiß es nicht. Er kann nicht sehen, was sein wird, wie Muir es konnte. Er sieht nur, was jetzt ist, und jetzt ist gut: Der Wächter hat Bal-Bes nicht gesehen und Bal-Bes hofft, dass seine Spur nicht entdeckt wird.
Bal-Bes' Schuhe treten auf Schnee, auf weißen, unberührten Schnee. Im Schnee bleiben Spuren zurück.

Buto, der Mond, macht die Nacht kalt. Buto verdrängt die wärmenden Wolken, lässt die Kälte des schwarzen Himmels zur Erde. Aus Bal-Bes' Mund kommen weiße Wolken. Die Kälte macht den Schnee hart. Der Schnee winselt in hohen Tönen, wenn Bal-Bes mit dem Schuh auf ihn tritt. Bal-Bes geht schnell, um warm zu bleiben.
Buto, der Mond, macht die Nacht hell. Buto scheint auf den weißen Schnee, macht das Weiß weißer. Bal-Bes findet leicht den Weg. Doch Butos Licht trügt auch. Oft stolpert Bal-Bes über Wurzeln und Steine, die im Schatten liegen. Manchmal fällt er. Dann lacht Buto. Butos Lachen kann man nicht hören.
Buto, der Mond, macht die Nacht weniger einsam. Buto begleitet Bal-Bes. Er bleibt bei ihm auf seinem langen Weg durch das lange Tal. Bleibt Bal-Bes stehen, ruht auch Buto. Wenn Bal-Bes weitergeht, zieht auch Buto weiter. Manchmal verschwindet der Mond hinter einer

Felsspitze. Doch nicht lange. Bald kommt er wieder hervor und leistet Bal-Bes Gesellschaft.
Buto, der Mond, macht Licht in den Köpfen der Menschen. Buto weckt Träume, Gefühle, Gedanken. Der Mond weckt in Bal-Bes' Kopf Enttäuschung und Wut. Bal-Bes sieht, was nicht ist, sieht, was sein könnte: Er sieht eine Hütte. Bal-Bes' Hütte. Eine Hütte unter den Hütten der Tau-Tau. In der Hütte ist Stein-aus-dem-Ohr und ihre Tochter. Auch andere Kinder, Bal-Bes' Kinder. Da sind Lachen und Sprechen; Feuer und Wärme und Essen. Da ist Jagd mit Brac und Acqtag. Da sind Freunde. Nie mehr weitergehen müssen. Immer bleiben können ... Doch das ist nicht, wird nie sein ... Wut steigt in Bal-Bes auf. Wut auf Menschen, die Fremde nicht haben wollen. Die sich vor Fremden fürchten. Die Fremden misstrauen. Die Fremde hassen. Die all das Schlechte, das in ihnen wohnt, dem Fremden zuschieben. Sie schieben es wie Heu in die Schuhe des Fremden. Nein, nicht wie Heu – Heu ist weich und warm. Was sie dem Fremden in die Schuhe schieben, ist wie Stein, hart und spitz. Es schmerzt. Bal-Bes' Wut rutscht vom Kopf in die Füße. Bal-Bes' Füße sind zornig. Wütend treten sie in den Schnee. Der Schnee winselt. Schneller treten die Füße, immer schneller. Bal-Bes läuft. Immer schneller winselt der Schnee. Bal-Bes trampelt die Wut aus seinen Füßen. Buto, der Mond, läuft mit. – Bal-Bes fällt. Der Mond bleibt stehen und lacht. Unhörbar.
Bal-Bes steht auf und schlägt sich den Schnee aus der Kleidung. Die Wut ist weg. Die Füße sind müde, Bal-Bes

schwitzt und atmet schwer. Er wischt den Schnee von einem umgefallenen Baumstamm und setzt sich. Bal-Bes ist hungrig. Er öffnet seine Tasche. Stein-aus-dem-Ohr hat ihm Essen mitgegeben. Getrocknetes Fleisch, Schwarzdornbeeren, Brot. Bal-Bes isst. Das Essen schmeckt gut und erfrischt. Essen gibt ihm Kraft. – Stein-aus-dem-Ohr ist anders. Sie fürchtet sich nicht vor Fremden. Sie schiebt Bal-Bes nichts Schlechtes in die Schuhe. Sie schiebt weiches, wärmendes Heu in die Schuhe. Sie mag Bal-Bes. Bal-Bes ist froh und traurig zugleich, wenn er an Stein-aus-dem-Ohr denkt. Bal-Bes schiebt den Rest des Essens in seine Tasche zurück und geht weiter. Buto, der Mond, geht mit. Buto weckt neue Gedanken in Bal-Bes' Kopf. Bal-Bes geht vorwärts, seine Gedanken gehen zurück. Sie gehen zurück zu Muir, zu Ambika, zu Bum-Bum, zu Tanist, zu Acqtag, zu Brac. Seine Gedanken kriechen in ihre Gedanken und fragen jeden: Bist du der Mörder Muirs?

Bum-Bum. – Wirres Haar. Wirr im Kopf. Bum-Bum sucht Zaubersteine gegen die bösen Träume in seinem Kopf. Der Stein mit den roten Fransen, der an Muirs Hals hing, fehlt. Bum-Bum kam den Weg herunter von Muirs Höhle. War bei ihr. Hatte Muirs weiße Ratte bei sich. Bum-Bum war ängstlich, als hätte er etwas Böses getan. Machte einen Bogen um Bal-Bes, lief davon. Wahrscheinlich erzählte er bei den Hütten von Muirs Tod und schob den Mord in Bal-Bes' Schuhe. Schob so den Verdacht von sich ab. Jeder wusste, dass Bal-Bes der Letzte war, der Muir lebend gesehen hatte. Wurde Bum-Bum wegen des Zaubersteins zu Muirs Mörder? – Bum-Bum? – Bum-Bum ist nicht böse. Menschen haben Bum-Bum viel Leid angetan. Bum-Bum weiß, wie weh Leid tut. Kann niemandem Leid antun. Oder doch? – Bum-Bum ist ängstlich. Fürchtet sich vor der großen Zauberin. Getraut sich nicht in ihre Höhle. Oder doch? – Bal-Bes weiß es nicht.

Vielleicht weiß es Buto, der Mond. Doch Buto sagt nichts. Er lacht nur, als Bal-Bes an einem vereisten Stein ausrutscht. Buto lacht lautlos und schadenfroh. – Dann leuchtet Buto an den Platz in Bal-Bes' Kopf, an dem Tanist, der Häuptling, sitzt.

Tanist. – Gelbe Haut, schwammiger Körper, starr das steinerne Auge. Tanist liebt Macht. Muir nahm Macht von Tanist. Sie hatte mehr Macht als Tanist. – Am Morgen war Tanist weg. Ging weg, lange vor Sonnenaufgang. War bei den Fallen, sagte er. War er wirklich? War schlechter Laune, als er zurückkam. Wegen der leeren Fallen, sagte er. Oder weil er mit Muir Streit hatte, sie tötete? – Tanist schickte Bal-Bes zur Zauberin. Alle wussten, dass Bal-Bes zur Zauberin ging. Nur Bal-Bes war bei ihr. So ist es leicht, ihm den Mord anzulasten. – Ambika, die weiße Frau in der Höhle der Toten, weiß, wer der Mörder ist. Sie gibt ihr Wissen nicht her. Gibt nicht die Macht über einen Mächtigen her. Tanist? Trieb ihn seine Gier nach Macht dazu, die Zauberin zu töten? Bal-Bes weiß es nicht. Vielleicht weiß es Buto, der Mond. Doch Buto sagt nichts. Der Mond ist hinter einer Felswand verschwunden. Dort lacht er vielleicht.

Bal-Bes geht regelmäßig und schnell. Doch das Tal ist lang. Er sieht das Ende des Tales nicht. Immer neue Bergspitzen tauchen seitlich und vor ihm auf. Die Großen Berge, über die er muss, werden höher und höher. Und Buto, der Mond, beleuchtet sie. Er flüstert einen neuen Namen in Bal-Bes' Kopf:

Ambika. – Weiß mit blutroten Augen. Die neue Hüterin der Toten mit dem grausamen Lächeln. Sie hätte den Mord verhindern können. Warum tat sie es nicht? Ist sie selbst die Mörderin? Sie ließ Bal-Bes allein, ohne Licht in der Höhle der Toten. Wollte sie auf diese Art auch ihn töten, weil nur er weiß, dass es Ambika gibt? Wenn niemand von Ambika weiß, kann sie niemand des Mordes beschuldigen. – Ambika? – Ihre zarten weißen Hände haben nicht die Kraft, einen Menschen zu erwürgen. Oder doch? Lange Zeit lebte sie mit Muir. Hat von ihr die Geheimnisse gelernt. Sie achtet und mag Muir. Kann sie ihre große Ratgeberin töten? Tötete sie Muir, um schneller selbst die neue Zauberin zu werden? – Bal-Bes weiß es nicht.

Buto, der Mond, weiß es. Er schweigt. Er ist blass geworden, blass wie Ambikas Haut.

Bal-Bes hört Wölfe heulen. Weit weg, talabwärts. Wölfe? – Sind es Wölfe, die heulen? Oder sind es Hunde? Hunde der Menschen, die ihn jagen. Haben sie seine Spur gefunden? Hetzen sie hinter ihm her? Im Bach neben ihm liegen viele große Steine. Die Steine sind nicht vom Schnee bedeckt. Bal-Bes springt auf einen Stein. Der Stein ist von dünnem Eis überzogen. Vorsichtig springt

Bal-Bes zum nächsten. Er landet auf Händen und Füßen, um nicht abzurutschen. Er springt weiter zum nächsten. Zum nächsten. Weiter, bachaufwärts. So sieht man seine Fußabdrücke nicht. So können die Hunde seiner Spur nicht folgen. Einmal rutscht Bal-Bes ab. Sein Fuß taucht ins Wasser. Sofort zieht er ihn wieder heraus. Fettes Leder hält das Wasser ab, sein Fuß bleibt trocken. Weiter: Sprung, landen, festkrallen, Sprung . . .

Bald ist Bal-Bes erschöpft. Seine Knie zittern. Am Bachufer ist eine schneefreie Felsplatte. Bal-Bes springt hinüber. Nach der Landung wirft er sich nach vorn, klammert sich mit den Fingerspitzen fest, um nicht zurück in den Bach zu rutschen. Bleibt für kurze Zeit liegen, atmet schwer.

Bal-Bes klettert die schräge Felsplatte hoch. Er hinterlässt keine Spuren. Steigt weiter, bis er wieder zu Schnee kommt. Geht auf Schnee weiter. Geht rückwärts: Die Fersen gehen voran, die Fußspitzen zeigen nach hinten, zeigen in die entgegengesetzte Richtung, in die er geht. Die Verfolger sollen glauben, er gehe wieder zurück, talabwärts. Bal-Bes weiß, lange wird er erfahrene Jäger wie Brac und Acqtag nicht täuschen können. Bald werden sie seine List durchschauen. Aber Bal-Bes gewinnt Zeit.

Bal-Bes steigt wieder hinunter zum Pfad neben dem Bach. Seine Fußspitzen zeigen wieder talaufwärts. Er ist müde, doch seine Füße sind gewohnt zu gehen und gehen weiter, gleichmäßig und schnell. Buto, der Mond, geht mit ihm. Buto schickt das Bild Bracs in seinen Kopf. Brac. – Groß, bärenhaft stark. Kräftige, große Hände. Die können einen Menschen erwürgen. Leicht können sie eine alte Frau wie Muir erwürgen. – Brac? – Nein, nicht Brac! Brac ist gut. Brac ist Jäger, nur Jäger. Ihn kümmert nichts als die Jagd. Brac jagt Tiere, nicht Menschen. Was schert ihn Muir? Er hat nichts mit Muir zu schaffen. Brac ist nicht der Mörder Muirs. Nein, Brac nicht.

Buto, der Mond, ist ganz blass und durchsichtig geworden. Der Himmel wird heller. Bald ist Morgen. – Ein Elch springt aus dem Gehölz, springt knapp an Bal-Bes vorbei. Macht einige Sprünge – ist weg. Nur Spuren im Schnee bleiben. Wie Bal-Bes' Spuren.

Bal-Bes bleibt stehen und blickt zurück. Sieht nichts. Er lauscht zurück. Hört nichts. Kein Heulen des Wolfs, kein Bellen der Hunde, keine Menschenstimmen. Bal-Bes geht weiter. Mit seinen letzten, schwachen Strahlen zeichnet Buto, der Mond, ein neues Bild in Bal-Bes' Kopf: Acqtag. – Hager. Schwarzes Haar zu Zöpfchen geflochten, mit bunten Muscheln und Federn verziert. Tiefe, flackernde Augen. Acqtag fürchtet den Tod und möchte für immer leben. Er glaubt, dass der Stein am Hals Muirs Leben für immer gibt. Acqtag hasste Muir und wollte den Stein des Lebens für sich. Tötete er deshalb Muir? – Acqtag? – Nein. Wenn Acqtag an die Unsterblichkeit Muirs glaubte, würde er nicht versuchen, sie zu töten. Würde wissen, dass dies nicht möglich war. Könnte nicht töten, was nicht sterben kann. Oder doch? – Acqtag sprach in der Nacht mit Bal-Bes und spielte am Morgen »Tot, Wolf, tot!«. Wann sollte er Muir getötet haben? Nein, Acqtag nicht.

Wer noch? Es gibt viele Tau-Tau. Bal-Bes kennt nur wenige. Viele hatten die Möglichkeit, viele hatten Gründe. Einer von vielen ist der Mörder Muirs. Wichtig ist: Wer? Bal-Bes weiß es nicht. – Buto, der Mond, ist vom Himmel verschwunden. Er weiß, wer es war. Selbst wenn er noch hier wäre, er würde es nicht sagen. Er würde lachen. Unhörbar und höhnisch.

Das Schwarz der Nacht ist weg. Zuerst wird der Himmel grau. Dann violett. Dann gelb. Dann purpur. Dann kommt die rote Scheibe der Sonne hinter den Bergen hervor. Beth, die Sonne, sagt: »Es ist Tag.« Bal-Bes ist froh, dass wieder Tag ist. Bal-Bes hat das warme Lachen der Sonne lieber als das lautlose Gelächter des Mondes. Noch ist die Sonne kalt. Bal-Bes friert und ist müde. Er möchte schlafen, nur für kurze Zeit. Aber Bal-Bes geht weiter. Angst im Rücken macht ihn gehen. Angst vor Verfolgern treibt ihn weiter. Bal-Bes geht über eine große, flache Felsplatte. Bal-Bes bleibt stehen. Vor ihm, zu seinen Füßen, ein Zeichen: Vier Schalen sind in den Stein geschlagen. Zwei rot, zwei schwarz. Verbunden durch zwei Rinnen, blau. Bal-Bes kennt das Zeichen: hier das eine, dort das andere. Grenze. Wer über dieses Zeichen geht, geht von einem ins andere. Die rot bemalten Schalen: Sonnenaufgang, Sonnenuntergang. Die schwarzen Schalen: das Meine, das Deine. Das Unsere, das Eure. Die blauen Rinnen: Grenze, Trennung, Scheidung. Grenze für die Tau-Tau? Ende ihres Landes? Anfang neuen Landes, Land eines anderen Stammes? Bal-Bes glaubt nicht. Hier, so hoch oben, lebt kein anderer Stamm. Zu

kalt, zu wenig Grün, zu viel Stein. Hinter den Großen Bergen leben andere Stämme. Hier nicht. Bal-Bes geht über das Zeichen. Geht von einem ins andere. Geht von dem, was war, in das, was sein wird. Vom Leben ins Sterben? Os ist nahe. Doch Bal-Bes geht.
Vor Bal-Bes ein steiler, schmaler Felsenberg, getrennt vom pfeilhandseitigen Hang. Wie ein großer Finger aus Stein, wie ein warnend erhobener Finger steht der Berg da. Er sagt: Ich warne dich! Hüte dich! Geh nicht weiter! – Bal-Bes geht weiter.
Bal-Bes riecht Rauch. Er sieht, woher der Rauch kommt. Von einem Felsvorsprung, in halber Höhe des Felsenfingers, steigt weißer Rauch auf. Bal-Bes sieht einen Pfad, der hinaufführt. Bal-Bes ist plötzlich hellwach.
Leise steigt er den Pfad bergan, sucht Deckung hinter großen Steinen. Schaut hinauf zum Felsvorsprung. Sieht keinen Menschen, nur weißen Rauch. Bal-Bes geht mit Vorsicht. Er achtet auf lose Steine, achtet darauf, kein Geräusch zu machen. Der Weg hinauf ist steil. Bal-Bes braucht die Hände, um sich hochzuziehen. Braucht die Hände, um sich festzukrallen, den Körper eng am Fels zu halten. Bal-Bes hat Angst, in die Tiefe zu stürzen. – Der Weg wird ebener. Der Weg wird schmäler. Bal-Bes drückt sich eng an die Felswand. Im Rücken den Fels, vor sich die rote Scheibe der Sonne, unter sich den schmalen Pfad, darunter nichts. Bal-Bes blickt nicht hinunter ins Nichts. Er schiebt sich an der Felswand entlang, geht seitwärts, so schmal ist der Pfad. Nicht hinuntersehen, sich seitwärts weiterschieben, das Atmen nicht

vergessen! Handflächen an die Wand gepresst. Einen Fuß seitwärts setzen, den anderen Fuß nachziehen. Schritt seitwärts – nachziehen – Schritt – Schritt – noch ein Schritt – geschafft! Der Weg wird breiter. Bal-Bes atmet auf.

Er macht den Bogen schussbereit. Mit einem Auge blickt er um die Felskante. Er sieht den Felsvorsprung vor sich. An zwei Seiten fällt der Berg steil ab in die Tiefe. An zwei Seiten steigt der Berg steil an. In der Ecke: ein Unterschlupf. Reisig zum Schlafen, aufgespannte Felle gegen den Wind. Ein überhängender Stein gegen den Regen. Gefäße, Steinwerkzeuge. Auf der Felsplatte vor dem Unterschlupf brennt ein Feuer. Vor dem Feuer sitzt ein Mann.

Der Mann sieht ihn nicht, er sitzt mit dem Rücken zu Bal-Bes. Bal-Bes macht einen Schritt nach vorn. Sein Fuß macht ein Geräusch. Der Mann am Feuer dreht sich um. Einen Augenblick sitzt er starr, mit aufgerissenem Mund, Schreck in den Augen. Dann springt er auf – stürzt zum Lager – will ein Steinbeil fassen. Bal-Bes hebt drohend den Bogen, zielt mit dem Pfeil auf den Mann. Der Mann steht still, greift nicht nach seinem Beil. Bal-Bes deutet dem Mann, zum Feuer zurückzugehen, sich zu setzen. Der Mann hinkt zurück zum Feuer. Er hat ein steifes Bein.

Er setzt sich ans Feuer, das Gesicht Bal-Bes zugewandt. Finster und trotzig blickt er auf Bal-Bes. Struppiger Bart. Lange Haare bis zu den Schultern, verklebt mit Fett und Schmutz. Schmutz im Gesicht, Schmutz an der zerrissenen Kleidung. Hunger. Hunger blickt dem Mann aus den Augen, Hunger schreit seine Gestalt.

Bal-Bes senkt den Bogen und setzt sich ans Feuer. Das Feuer zwischen sich und dem Mann. Bogen und Pfeil neben sich. Griffbereit. Sein Beil quer über die Knie.

Griffbereit. Bal-Bes sitzt leicht. Sprungbereit. Hungrige Menschen sind gefährlich. Bal-Bes sagt:

»Ich bin Bal-Bes. Ich komme von weit her. Nicht von den Tau-Tau, von weiter. Ich will über die Großen Berge. Ich will dir nichts tun.«

Der Mann sagt nichts. Er starrt auf den großen schwarzen Topf, der auf Steinen im Feuer steht. Im Topf gluckst es, weißer Dampf steigt auf. Der Mann schöpft mit einem Holzbecher braunes Wasser aus dem Topf. Er hält den Becher in beiden Händen, wärmt sich die Finger. Er bläst den Dampf vom Becher und schlürft in kleinen Schlucken die Brühe. Mit undeutlicher Stimme murmelt er:

»Suppe aus Schlangenmoos, Mutterwurz, Stinkholler und Bitterwurz. Gut für Lunge, Herz und Bauch. Macht warm.«

Der Mann trinkt wieder. Er wischt sich mit dem Handrücken über die dicken Lippen. Dann spricht er weiter.

»Macht satt. Aber nur für kurze Zeit. Dann kommt wieder der Hunger. – Bal-Bes heißt du? Ich habe keinen Namen. Sie haben ihn mir weggenommen, vor langer Zeit. Seither bin ich niemand. Bin der, der keinen Namen hat. Ich gehöre zu keinem Stamm. Ich gehöre niemandem, gehöre mir selbst. Früher war ich ein Tau-Tau, vor langer

Zeit. Sie haben mich ausgestoßen aus dem Stamm, darf nicht bei ihnen bleiben. Muss hier leben, ausgestoßen. Bin niemand. Bin nichts. Bin nicht . . .«

Der Namenlose trinkt wieder. Er spuckt einige Blätter aus und wirft ein Stück Holz ins Feuer. Bal-Bes fragt: »Warum haben die Tau-Tau dich ausgestoßen?«

»Lange Geschichte. Böse Geschichte. Böse Geschichte für mich. Mag nicht lang erzählen, erzähle nur kurz: Tanist ist Häuptling. Die Läuse sollen ihn fressen! Tanist ist ein schlechter Häuptling. Weil Tanist keine Macht hat. Die Macht hat . . . Muir. Muir – ich spreche ihren Namen aus, obwohl es verboten ist. Sie hat keine Macht mehr über mich. Die Ratten sollen sie fressen! – Ich wollte der neue Häuptling sein. Ein besserer Häuptling als Tanist. Ersticken soll er an Methe! Wir kämpften. Ich und Tanist. Ich stach sein Auge aus. Schade. Wollte sein Herz treffen. Er zerschlug mein Bein. Tanist gewann den Kampf. Verfaulen soll sein gesundes Auge.«

Der Mann, der nicht ist, schlägt den zerschlissenen Umhang zurück und zeigt Bal-Bes sein Knie. Das Knie sieht nicht aus wie ein Knie. Sieht aus wie ein verwestes Stück Tier. Rot, eitrig, aufgedunsen.

»Seither schleife ich mein Bein nach. Kann nicht laufen. Kann nicht jagen. Seither habe ich Hunger. Kräuter, Beeren, Wurzeln. Wenig Fleisch. Macht nicht satt. Macht bald neuen Hunger. – Doch Schuld war Muir. Sie half Tanist beim Kampf. Durch Zauberei. Nur so konnte er siegen . . . Muir, die Toten sollen sie erwürgen!«

Der Mann ohne Namen dreht sich um. Er zeigt hinunter

ins Tal. Zeigt auf die glatte, große Steinplatte mit dem eingeritzten Zeichen. Er flüstert:
»Du hast es gesehen. Das Zeichen. Das Zeichen für Grenze. Muir hat es gemacht. Bis zum Zeichen darf ich gehen. Weiter nicht. Darf nicht. Kann nicht. Kann nicht zurück, das Tal hinunter, zurück zu den Tau-Tau. Oft stand ich vor dem Zeichen. Wollte hinüber. Konnte nicht. Nicht einen Schritt. Wollte zurück, um mich zu rächen an Tanist und Muir. Konnte nicht. Zu stark ist der Zauber von Muir. Muir . . . soll am eigenen Zauber verderben!«
Bal-Bes sagt:
»Muir ist tot. Ermordet.«
Der Namenlose reißt die Augen weit auf. Die buschigen Brauen schieben sich hoch, der Mund steht offen. Er starrt Bal-Bes an und sagt lange Zeit nichts. Dann lacht er. Böse. Lange. Will nicht aufhören zu lachen. Lacht. Lacht. Lacht. Bal-Bes sieht seine schwarzen Zähne. Dann hört der Ausgestoßene auf zu lachen. Er wischt sich die Tränen aus den Augen und blickt ernst auf Bal-Bes.
»Tot? Muir tot? – Die Würmer sollen ihren Leib fressen! – Bist du ihr Mörder? Wenn du es bist, bin ich dein Freund.«
»Ich habe Muir nicht getötet.«
»Schade. Trotzdem, hier, trink!« Er schöpft mit dem Becher Suppe aus dem Topf und gibt Bal-Bes zu trinken. Die braune Brühe schmeckt nicht gut, aber die Wärme tut Bal-Bes wohl. Die Suppe gibt Wärme von innen. Das Feuer wärmt von außen. Tut gut. Bal-Bes entspannt sich. Er hat Mitleid mit dem Mann ohne Namen.

Bal-Bes holt aus der Tasche das letzte Stück Fleisch und teilt es mit dem Mann. – Der Mann isst gierig. Schließt beim Essen die Augen. Kaut kaum, schlingt große Stücke hinunter. Beißt ab – schlingt hinunter. Beißt – schlingt. Beißt – schlingt. Dann wirft er den abgenagten Knochen in die Suppe. Er seufzt tief und zufrieden. Mit einem spitzen Stück Holz stochert er nach Fleischresten zwischen den schwarzen Zähnen. Dann sagt er leise, wie zu sich selbst:
»Muir. Stinkendes, altes Weib. Jeder glaubte, sie könne nicht sterben. Würde für immer leben. Jeder glaubte, der Stein gäbe ihr Leben für immer. Der Stein um ihren Hals. Der Zauberstein. Der Stein, der im Dunkeln leuchtet. Nun ist sie tot. – Die Krähen sollen ihren Leib zerhacken!«
Der Mann, der nicht ist, lacht heiser. Er blickt auf Bal-Bes und fragt:
»Bal-Bes, du willst über die Großen Berge? Hier? Warum hier? Es gibt leichtere Wege. Drüben, in Os-Acq-Morgen.«
Dabei zeigt er nach Sonnenaufgang und blickt Bal-Bes lauernd an. Bal-Bes sagt:
»Die Tau-Tau glauben, ich habe Muir getötet. Sie haben die Ausgänge des Tales gesperrt. Dieser hier ist noch offen. Ich muss hier über die Großen Berge.« Der Mann ohne Namen lächelt freundlich. Zu freundlich. Bal-Bes mag das Lächeln nicht. Er mag auch den Blick nicht, mit dem der Mann nach seinen Waffen, seiner Tasche sieht. Lauernd, habgierig der Blick. Der Mann sagt:

»Der Weg hier ist schwer. Du musst über Os, das wandernde Eis. Os ist gefährlich.«
Er zeigt talaufwärts auf eine Bergspitze.
»Der Berg Tall. An seinem Fuß teilt sich das Tal. Du gehst in das Tal zu deiner Bogenhand. Dort ist der Weg kürzer. Der Weg durch das Tal zur Pfeilhand führt auch über die Großen Berge. Ist länger, ist schwerer. Ich bin die Wege nicht selbst gegangen, ich sage nur das, was andere gesagt haben. Du weißt – mein Bein.«
Er zuckt mit den Schultern, zeigt auf sein schlechtes Knie und lächelt mit den dicken Lippen. Wieder blickt er auf Bal-Bes' Waffen und spricht weiter:
»Du brauchst den Berg hier, den Berg des warnenden Fingers, nicht wieder hinunterzusteigen. Nicht wieder hinunter, den steilen, gefährlichen Pfad. Gleich hier, bevor der schmale Pfad beginnt, der Pfad, der über die Tiefe führt, ist ein enger Spalt im Fels. Dort geh durch. Der Weg führt den Hang entlang hinunter ins Tal. Er führt zu der Stelle, an der das Tal sich teilt.« Der Mann gibt Bal-Bes mehr von der Suppe. Bal-Bes trinkt die Wärme. Wohlig breitet sich die Wärme aus. Die Anspannung fällt ab, Müdigkeit steigt auf. Warme, weiche Müdigkeit. Bal-Bes ist die ganze Nacht gegangen, schlafen wäre schön. Schlafen, ein wenig nur. Der Mann, der nicht ist, spricht leise weiter. Lächelt dabei.
»Bal-Bes, viel Gleiches ist zwischen uns: Du bist weit weg von deinem Stamm – ich habe keinen Stamm. Die Tau-Tau möchten deinen Tod – ich bin schon tot für sie. Wir beide sind allein, sind getrennt von den anderen. Ich

möchte auch weitergehen wie du. Würde mit dir gehen über die Großen Berge. Würde mit dir gehen in das Land der Hohen Sonne, in die Wärme, immer weiter. Weg von hier, immer weiter. Doch mein Bein, du weißt, es kann nicht weit gehen . . .« Der Mann ohne Namen redet weiter. Redet, redet . . . Der Mund mit den schwarzen Zähnen geht auf und zu, auf und zu. Redet, redet. Bal-Bes schaut auf den Mund, der auf und zu geht. Schaut auf die Lippen, die auf und zu gehen. Bal-Bes' Augen gehen auf und zu. Auf und zu. Leise, weich, einschläfernd redet der Mund. Redet, redet. Müde, müde. Schlaf, Schlaf. Das Feuer ist warm. Die Suppe wärmt. Reden, reden. Auf, zu. Auf, zu . . . zu . . . zu . . . Bal-Bes' Augen sind zu.

Nur einen Augenblick schläft Bal-Bes. Dann fährt er auf. Einen Augenblick zu spät. Der Mann, der nicht ist, ist schon über ihm. Bal-Bes fällt zurück. Fällt mit dem Kopf auf Stein. Sieht Schwarz mit gelben Punkten. Fühlt Hände an seinem Hals. Die Hände drücken zusammen, machen seinen Hals enger. Immer fester drücken die Hände. Keine Luft kommt durch Bal-Bes' Hals. Keine Luft! Roter Rauch vor seinen Augen. Hoher Ton in seinen Ohren. Wie von weit weg, ganz leise, hört Bal-Bes:

»Ich töte dich, wie . . . wie . . . ich . . .«

Dann hört Bal-Bes nichts mehr. Hört nur noch Brausen in den Ohren, sieht nur noch Schwarz. Hat Angst. Todesangst. Eine Riesenwelle der Angst schäumt durch Bal-Bes. Die Welle steigt höher, wird größer, peitscht durch seinen Körper. Der Körper wird Welle. Die Welle spritzt hoch – fasst das, was seinen Hals umschlingt –

reißt es los – schleudert es weit von sich. Mit aller Kraft. Mit der Kraft der Riesenwelle.

Luft strömt wieder durch Bal-Bes' Hals. Luft füllt den ganzen Körper. Luft, süße Luft! Luft vertreibt die Schwärze und die roten Wolken vor den Augen. Luft bläst das Brausen und Pfeifen in den Ohren weg. Luft gibt Stärke zurück. Bal-Bes hebt den Kopf, richtet sich auf.

Der Mann ohne Namen liegt nahe der aufsteigenden Felswand. Er bewegt sich nicht. Ein dünner Blutfaden rinnt aus seinem Mund, rinnt über die dicken Lippen, versickert im Bart.

Bal-Bes liegt am Rande der Felsplatte. Ein Arm hängt über den Rand, baumelt über der Tiefe. Bal-Bes steht auf. Seine Knie sind weich. Mit unsicheren Schritten geht er weg vom Rand der Felsplatte, weg vom Abgrund.

Der Suppentopf ist umgekippt. Die dunkle Brühe windet sich über die Steinplatte, rinnt zum Rand und tropft in die Tiefe. Bogen, Köcher und Beil liegen neben dem Feuer. Bal-Bes hängt Bogen und Köcher um, hebt das Beil auf.

Der Mann ohne Namen bewegt sich. Er schlägt die Augen auf. Will sich aufrichten. Bal-Bes umfasst das Beil fester und geht auf den Mann zu. Er will den Mann, der nicht ist, töten. Er hebt das Beil, holt weit aus. In seinen Augenwinkeln sieht Bal-Bes etwas, was sich bewegt. Etwas bewegt sich unten im Tal. Bal-Bes hält ein. Er lässt das Beil sinken. Lässt es fallen. Klirrend fällt es auf die Felsplatte.

Unten im Tal sieht Bal-Bes fünf Männer. Voran ein großer Mann: Brac. Allen voran zwei Hunde. – Sie haben seine Spur gefunden. Sie sind nahe. Sie kommen näher. Bald haben sie die Steinplatte mit dem Zauberzeichen erreicht.

In Bal-Bes' Kopf gibt es nur einen Gedanken: Fort! Fort von hier! – Ein heißer Ruck fährt durch seinen Körper und Bal-Bes läuft. Läuft vorbei an der Felskante, läuft zum Pfad. Hinter sich hört er den Mann ohne Namen rufen:

»Bal-Bes, Os soll dich fressen!«

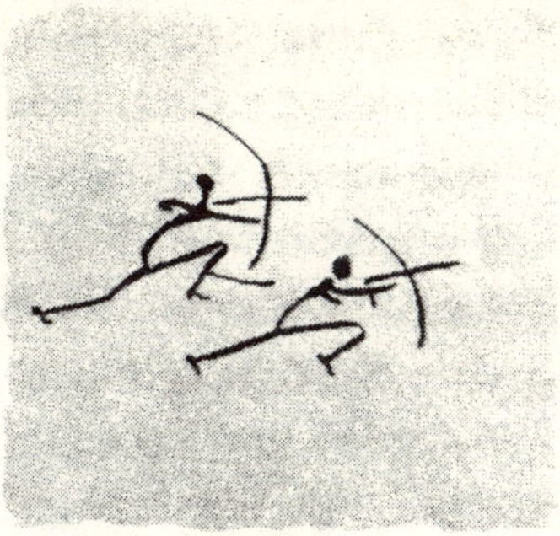

Hatz

Der Mann, den es nicht gibt, hat die Wahrheit gesprochen: Kurz bevor der Weg schmal wird, sieht Bal-Bes den Spalt im Fels. Bal-Bes schiebt sich durch. Hastig, schnell. Zerreißt sich die Kleidung am rauen Fels. Der Spalt wird weiter, Bal-Bes kann laufen. Laut hallen seine Schritte in der engen Schlucht. Dunkel ist es hier, nur über ihm zeigt sich ein schmaler Streif des hellen Himmels. Am Ende der Kluft bleibt Bal-Bes stehen. Lauscht zurück. Hört laufende Schritte hinter sich. – Doch niemand kommt. Die eigenen Schritte hallen von den Wänden.

Weiter hetzt Bal-Bes. Er läuft über einen Felsgrat. Bal-Bes tritt Steine los. Steine poltern zu Tal. Steine rollen, dann hüpfen sie, machen große Sprünge, machen einen großen Satz, prallen auf Steine, zerschellen in viele Stücke. Steine reißen andere Steine mit, die rollen, kollern, zerschmettern und wieder andere Steine mitreißen, die rollen, springen, hüpfen, zerbersten ... Die Felswände brül-

len das Splittern, das Fallen, das Rutschen, das Reiben, das Tosen, das Brausen der Steine zurück.
Weiter. Bal-Bes läuft weiter. Zur Pfeilhand ein Abgrund. Am Fuß des Abgrunds ein See. Klein, rund, blau. Bal-Bes mag Seen. Mag ihre Ruhe, mag ihr Stillstehen. Diesen See mag Bal-Bes nicht. Kalt blickt der See zu ihm herauf. Wie ein Auge. Wie ein lidloses blaues Auge, das nicht blinkt. Wie ein Späherauge von Os, das Os neue Beute meldet. Viele solcher Augen gibt es in den Großen Bergen. Os hat sie gemacht, als Os groß und mächtig war. Als Os sich zurückzog, hinterließ sie die Augen, die ihr berichten sollen von dort, wo Os nicht mehr ist. – Bal-Bes läuft weiter, das Auge blickt ihm nach. Bal-Bes fühlt, wie das Späherauge Os zuruft: Hier läuft frische Beute für dich.
Weiter. Bal-Bes läuft. Läuft den Pfad am Hang hinab. Bal-Bes schaut nicht zurück. Er schaut zu Boden, wenn er läuft. Bal-Bes springt über Steine, rutscht auf Geröll, stolpert, fällt hin, springt auf, läuft weiter. Läuft, läuft ... Angst auf den Fersen, Angst vor Verfolgern, die auf seinen Fersen kleben, lässt Bal-Bes laufen. – Bal-Bes, hör auf zu laufen!, sagt Bal-Bes zu Bal-Bes. Die Verfolger kleben nicht auf deinen Fersen, sind noch weit weg. Laufen macht müde. Laufen nimmt Kraft. Kraft, die du später noch brauchen wirst. Bal-Bes, du kannst nicht den ganzen langen Weg ins Land der Hohen Sonne laufen. Hör auf zu laufen, Bal-Bes!
Bal-Bes befolgt den Rat von Bal-Bes. Er läuft langsamer. Er geht. Er geht langsam weiter, um den keuchenden

Atem zu beruhigen. Auf einem Vorsprung im Hang bleibt Bal-Bes stehen. Er blickt zurück. – Fünf Männer und zwei Hunde steigen den Pfad zum Berg des warnenden Fingers bergan. – Bal-Bes atmet tief durch. Er ist erleichtert. Fünf Männer und ein Hund haben noch weit zu gehen, bis sie Bal-Bes erreichen. Doch Bal-Bes darf nicht stehen bleiben. Bal-Bes muss weiter. Jetzt spürt er wieder die Müdigkeit. Sein Hals brennt. Sein Kopf schmerzt. Ärger frisst an Bal-Bes. Ärger über den Umweg hinauf zum Mann ohne Namen. Ärger über die verlorene Zeit, die verlorene Kraft. – Wie einen Schlag auf den Kopf trifft es Bal-Bes: Wo ist das Beil? Bal-Bes' Beil aus Kupfer. Erst jetzt bemerkt er, dass er das Beil nicht hat. In seinem Kopf hört Bal-Bes das Klirren, als das Beil auf die Steinplatte fiel. Nach dem Kampf. Oben, beim Mann, der nicht ist. Bal-Bes hat vergessen, es wieder aufzuheben. Kein Beil mehr. Die einzige Waffe, die Bal-Bes besaß, die den Waffen der Tau-Tau überlegen war.

Noch mehr Ärger steigt in Bal-Bes hoch. Steigt bis in den Kopf. Macht seinen Kopf heiß und rot. Er ärgert sich über die verlorene Zeit, die verlorene Kraft, das verlorene Beil. Ärgert sich über den brennenden Hals, den schmerzenden Kopf. – Wofür der Umweg? Was hat Bal-Bes dafür bekommen? – Sprechen mit einem freundlichen Menschen nach einsamer Nacht? – Nein. Einlullendes Geschwätz von einem bösartigen Verbannten. – Hoffnung auf Hilfe, auf einen Freund? – Nein. Kampf auf Leben und Tod. – Wärme des Feuers? – Ja, aber Wärme, die müde machte, ihn fast das Leben kostete. – Ein

Becher mit heißer Suppe? – Ekliges Gesöff. – Auskunft über den weiteren Weg? – Ja. Wenn der Mann nicht gelogen hat. – Alles in allem: ein schlechter Tausch!
Weiter. Der Ärger macht Bal-Bes' Schritte schneller. Ein schlechter Tausch. – Ein schlechter Tausch? Nein! Erst jetzt erkennt Bal-Bes, was oben während des Kampfes geschehen ist. Bal-Bes hat gut getauscht. Hat Wertvolles bekommen: Wissen. Bal-Bes weiß nun, wer der Mörder Muirs ist!
»Ich töte dich, wie ... wie ... ich ...«, hat der Mann ohne Namen geschrien.
». . . wie ich Muir getötet habe!«, ergänzt Bal-Bes.
Jetzt weiß Bal-Bes. Er weiß, dass nicht das Beil seine schärfste Waffe ist. Sein Wissen ist es. Wissen ist scharf, Wissen ist wichtig. Vielleicht kann er mit seinen Verfolgern sprechen, bevor ihre Pfeile ihn töten. Bevor Os ihn frisst. Vielleicht kann er tauschen: Er gibt sein Wissen um den Mörder – sie geben ihm sein Leben. Vielleicht.
Beth, die Sonne, scheint warm. Zu warm für diese Zeit. Die Sonne sticht. Bal-Bes schwitzt. Der Schnee wird weich, wässrig und schmilzt. Lange Stücke des Weges sind schon ohne Schnee. Gut für Bal-Bes: Sein Fuß macht keine deutliche Spur mehr. Nur im weichen Boden drückt sich sein Fuß ein. Bal-Bes' Füße vermeiden weichen Boden. – Schlecht für Bal-Bes: Der Mann ohne Namen wird seinen Verfolgern sagen, welchen Weg er Bal-Bes empfohlen hat. Und Hunde werden seine Spur riechen. Bal-Bes fürchtet die Hunde.
Bal-Bes kommt vom Hang herunter, geht wieder im Tal

von Os-Acq-Abend. Groß steht der Berg Tall vor ihm. Versperrt den Weg, versperrt das Tal. Der Mann ohne Namen hat die Wahrheit gesagt: Hier teilt sich das Tal. Bal-Bes soll in das Tal zur Bogenhand gehen. Den kürzeren Weg. Soll Bal-Bes dem Rat trauen? Führt das Tal hinauf über die Großen Berge? Oder führt es nur hinüber ins Tal von Os-Acq-Morgen, wo die Tau-Tau auf ihn warten? Oder endet das Tal an einem eisigen See, an einer steilen Felswand, die Bal-Bes nicht überwinden kann? Bal-Bes weiß es nicht. Er hat keine Zeit, zu überlegen. Keine Zeit, zu erkunden, zu prüfen. Er folgt dem Rat. Er geht ins Tal zur Bogenhand. Er weiß, es kann eine Falle sein. Ohne Ausweg. Fuchs, Fuchs, Fuchs, ich hab dich!

Bal-Bes dreht sich um und blickt zurück. Noch sieht er keine Verfolger. Noch nicht.

Bal-Bes folgt dem Bach, dem Kind von Os-Acq-Abend. Bal-Bes kennt den Namen des Baches nicht. Der Bach ist kleiner, die Berge sind noch größer geworden. Kein Baum mehr, nur ab und zu kriechende Äste am Boden. Bal-Bes' Fuß tritt auf kurzes Gras, tritt auf Moos, auf Stein, auf Geröll. Immer weniger Gras und Moos, immer mehr Stein und Geröll. Von beiden Bergseiten lecken Os' Zungenspitzen. Nahe schon, gierig, hungrig. Die Zungenspitzen glänzen in der Sonne und blenden Bal-Bes. – Zu warm die Sonne. Zu warme Sonne bringt schlechtes Wetter. Dunkle Wolken über den Bergspitzen vor Bal-Bes machen die Berge noch höher. Schwarze Berge über weißen Bergen. Große Vögel kreisen über Bal-Bes. Adler. Die großen Ad-

ler der Großen Berge. Os' Späher. Nur selten machen sie einen Flügelschlag, schweben dann wieder ruhig, ziehen hoch über Bal-Bes ihre Kreise. Manchmal stoßen sie spitze Schreie aus: Botschaften an Os.
Bal-Bes blickt zurück. Weiter unten im Tal sieht er seine Verfolger. Ein Hund, zwei Männer. Einer davon: Brac. Auch die Verfolger sehen Bal-Bes. Sie gehen schneller.
Auch Bal-Bes geht schneller. – Wieso zwei Männer und ein Hund? Wo sind die anderen? Beim Berg des warnenden Fingers waren es noch fünf Männer, zwei Hunde. – Bal-Bes vermutet: Am Fuße des Bergs Tall, wo das Tal sich teilt, haben sich die Verfolger getrennt. Waren sich nicht sicher, welchen Weg Bal-Bes genommen hat. Drei Männer und ein Hund sind in das pfeilhandseitige Tal gegangen, zwei Männer und ein Hund ins Tal der Bogenhand. Weniger Verfolger für Bal-Bes. Immer noch zu viele. Und Brac zählt für zwei. Bal-Bes geht weiter, geht schneller. Will schneller gehen. Kann nicht schneller gehen. Seine Füße sind schwer, lassen sich schwer heben. Müssen hochgehoben werden, weil der Weg steiler wird. Bal-Bes erinnert sich: Große Schritte sind gut für das Tal. Kleine Schritte sind gut für den Berg. Brac hat das gesagt. Bal-Bes macht kleine Schritte. Viele kleine Schritte. Zwei kleine für einen großen. So umgeht er große Steine mit kleinen Schritten, um nicht einen großen Schritt machen zu müssen. Kleine Schritte sind schneller.
Wieder dreht sich Bal-Bes um. Zwei Männer und ein Hund sind näher gekommen. – Von der Steinbockjagd

weiß Bal-Bes, wie schnell Brac am Berg gehen kann. Viel schneller als Bal-Bes.

Weiter, schneller. Immer wenn Bal-Bes' Füße nicht mehr gehen wollen, aber gehen müssen, beginnt die Trommel in Bal-Bes' Kopf zu schlagen. So auch jetzt. Die Trommel schlägt Takt und treibt an:

Brac, Brac, du kriegst mich nicht.
Os, Os, du frisst mich nicht.
Bleibst hUUUUUngrig.

Die Trommel im Kopf peitscht die Füße weiter. Schneller, schneller. Schneller schlägt das Herz, getrieben von den Schlägen der Trommel. Bal-Bes' Lunge keucht im Takt der Trommel. Weiter, schneller.

Brac, Brac, du kriegst mich nicht.
Os, Os, du frisst mich nicht.
Bleibst hUUUUUngrig.

Öfter und öfter blickt sich Bal-Bes um. Näher und näher kommen zwei Männer und ein Hund. Jedes Mal, wenn Bal-Bes sich umblickt, sind zwei Männer und ein Hund ein Stück größer geworden.

Weiter, schneller. Schneller schlägt die Trommel den Takt:

Brac, Brac, du kriegst mich nicht . . .

Schneller gehen die Füße. Schneller klopft das Herz. Schneller klopft die Trommel:

Os, Os, du frisst mich nicht . . .

Schneller pfeift die Lunge. Weit offen steht der Mund. Saugt kurz Luft ein, bläst lang Luft aus.

Bleibst hUUUUUngrig.

Wird Brac nie müde? Brac ist weiter gegangen als Bal-Bes. Ist zuerst Os-Acq-Morgen hinauf, dann zurück, dann Bal-Bes' Weg bis hierher. Ist die Nacht durchgegangen wie Bal-Bes. Brac wird nicht müde. Brac kommt näher.

Weiter, schneller. Die Trommel hämmert wie verrückt.

Brac, Brac, du kriegst mich nicht . . .

Der Kopf hämmert. Will zerspringen. Doch die Trommel dröhnt unerbittlich:

Os, Os, du frisst mich nicht . . .

Schweiß tropft im Takt der Trommel. Tropft von Stirn, Nase, Kinn. Rinnt den Körper hinunter. Rinnt in die Augen. Die Augen brennen. Rinnt in den Mund. Der Mund schmeckt Salz. Die Haare kleben am Kopf, die Kleidung klebt am Körper. Doch die Trommel hämmert:

Bleibst hUUUUUUngrig.

Weiter. Schneller.

Brac, Brac, du kriegst mich nicht . . .

Zum Schlag der Trommel schreit die Lunge nach Luft.

Os, Os, du frisst mich nicht . . .

Die Kehle hustet zum Takt, den die Trommel schlägt.

Bleibst hUUUUUUngrig. Weiter, schneller.

Brac, Brac, du kriegst mich . . .

Die Trommel schlägt nicht mehr. Die Füße stehen still. Die Trommel hat zu schnell geschlagen. Zu schnell für Bal-Bes' Füße, zu schnell. Nur das Herz schlägt wild weiter, der offene Mund ringt weiter nach Luft, kann nicht genug Luft bekommen. Bal-Bes lehnt mit dem

Rücken an einem Stein. Die Knie geben nach, sanft rutscht Bal-Bes zu Boden – sitzt. Bal-Bes schließt die Augen.

Langsam wird Bal-Bes' Körper ruhiger. Sein Herz rast nicht mehr, die Lunge brüllt nicht mehr nach Luft. Bal-Bes öffnet die Augen. Steine um ihn herum. Große Steine. Größer als Menschen, größer als Brac. Die Steine stehen aufrecht, stecken in der Erde, ragen in den Himmel. Manche Steine haben Köpfe. Köpfe von Widdern, Köpfe von Steinböcken. Manche Steine haben tiefe schwarze Löcher, wie tote Augenhöhlen. Andere haben flache Vertiefungen, wie Schalen. An einigen Steinen sind Zeichen eingeritzt, Zeichen, die Bal-Bes nicht kennt. Die Steine stehen im Kreis. Sie bilden einen Ring. In der Mitte des Rings sprudelt eine Quelle. Und über ihr steht ein steinerner Stuhl mit hoher, steinerner Lehne.

Trotz der Sonne, trotz des heißen Schweißes, der über seinen Körper rinnt, überläuft es Bal-Bes kalt. Die Steine machen ihm Angst. Doch die Steine kümmern sich nicht um Bal-Bes. Sie stehen still und blicken unbewegt in die Ferne.

Bal-Bes kennt solche Steine, kennt solche Plätze. Menschen haben sie vor langer Zeit gemacht. Es sind heilige Orte, Orte des Zaubers. Jeder scheut diese Orte, niemand betritt sie. Nur selten, wenn Beth, die Sonne, am höchsten steht und wenn Beth, die Sonne, am tiefsten steht, kommen die Menschen hierher. Dann brennen große Feuer, Tiere werden geschlachtet und Toten, Geistern

und Göttern wird geopfert. Denn die Götter sind immer hungrig wie Os, das wandernde Eis.
Os! – Brac! – Bal-Bes springt auf. Für einen Augenblick hat er die Verfolger, die Gefahr vergessen. Er blickt zurück. – Die Köpfe seiner Jäger tauchen hinter einer Bodenwelle auf. Brac – und jetzt erkennt Bal-Bes den zweiten: Acqtag. Der Hund einige Schritte voraus, Nase am Boden. Der Hund bleibt stehen und streckt die Nase in die Höhe. Wittert. Bellt. Dann läuft er zurück zu den Männern. Bellt wieder.
Acqtag und Brac werfen sich zu Boden, rollen hinter einen Stein. Sie können Bal-Bes nicht sehen – der Stein verdeckt ihn. Doch sie wissen, dass er in der Nähe ist. Der Hund hat es ihnen gesagt.
Bal-Bes ist von seinen Verfolgern etwas mehr als einen Pfeilschuss entfernt. Der Platz dazwischen, der Platz zwischen Bal-Bes und den anderen, ist leer. Kein Stein bietet Deckung, keine Mulde, keine Bodenwelle. Adler umkreisen den Kreis aus Steinen. Laut gellen ihre Schreie in der Stille. Jetzt ruft Brac:
»Bal-Bes!«
»Bes . . . es . . . es . . .«, rufen die Steinhänge des Tales zurück. Bal-Bes rührt sich nicht. Er will nicht, dass die Verfolger wissen, wo er ist. – Stille. – Jetzt ruft Acqtag: »Bal-Bes! Wir wissen, dass du hier bist. – Du hast die Zauberin getötet. – Ergib dich!«
»Dich . . . ich . . . ich . . .«, rufen die Felsen. Bal-Bes muss antworten. Muss reden. Jetzt muss er tauschen: sein Wissen für sein Leben. Jetzt. Später ist es zu spät.

»Ich war es nicht. Der Mann ohne Namen, der Mann am Berg des warnenden Fingers, er hat Muir getötet.«

». . . ötet . . . tet . . . et . . .«, schallt es vom Fels. – Lange keine Antwort. Dann wieder Acqtag:

»Nein! Du bist der Mörder. Wir wissen es. Komm heraus!«

». . . eraus . . . aus . . . aus . . .« – Bal-Bes sagt nichts. Zu weit ist die Entfernung zum Sprechen. Zu groß der Abstand zum Überzeugen. Zu starr die Hälse der beiden, um ihre Köpfe zu wenden. Wegzuwenden von Bal-Bes, hinzuwenden zum Mann ohne Namen. Zum Mann, der nicht ist, zum Mörder Muirs. – Bal-Bes sagt nichts, wartet. – Brac ruft:

»Bal-Bes, wir kriegen dich auch so!«

»So . . . so . . . so . . .« – Bal-Bes blickt über den Stein. Schaut zum Stein, hinter dem Acqtag und Brac versteckt sind. Er behält den Stein im Auge und wartet. – Dann sieht Bal-Bes den Hund. Groß, grau, wölfisch. Geduckt kommt er hinter dem Stein hervor. Er kommt auf Bal-Bes zu. Nicht gerade, er läuft einen Bogen, will von der Seite oder von hinten an Bal-Bes herankommen. Er hält sich geduckt, bleibt nahe am Boden. Der Hund läuft nicht schnell, tut so, als ob ihn Bal-Bes nichts anginge. Kommt aber näher.

Bal-Bes spannt einen Pfeil in den Bogen. Bal-Bes beobachtet das Versteck seiner Verfolger. Nichts rührt sich dort. Bal-Bes blickt wieder zum Hund. Der Hund ist stehen geblieben. Kopf tief, Zähne gefletscht, Nackenhaare aufgestellt. Tiefes, gefährliches Knurren. –

Ein Pfiff kommt aus dem Versteck der Verfolger. Der Hund schießt los. Pfeilgerade hetzt er auf Bal-Bes zu. Schnellt dahin in großen Sprüngen. Zieht sich zusammen beim Absprung, streckt sich weit in der Luft, landet – zieht zusammen – streckt sich – landet – zieht – streckt – landet –. Immer schneller, immer näher. Maul geöffnet, Lefzen zurückgezogen, die scharfen, großen Zähne bereit zum Biss.
Noch straffer spannt Bal-Bes den Bogen und lässt den Pfeil fliegen. – Kurzes, hohes Jaulen. Der Hund überschlägt sich und rollt weiter, wie ein runder Stein. Bleibt liegen. – Nur kurz. Kämpft sich wieder hoch, winselt, hinkt auf drei Beinen weg von Bal-Bes. In einem Hinterlauf steckt ein Pfeil. Blut tropft rot auf graue Steine.
Schnell blickt Bal-Bes wieder hinüber zum Versteck von Acqtag und Brac. Gerade zur rechten Zeit. Schon sind sie aus der Deckung hervorgesprungen und Bal-Bes sieht, wie sie auf ihn zurennen.
Bal-Bes legt einen Pfeil in die Sehne und spannt den Bogen. Acqtag und Brac bleiben stehen. Sie wissen, dass Bal-Bes gut schießt. Dass er trifft: Steinböcke, Hunde – sicherlich auch Menschen. Sie gehen zurück, behalten Bal-Bes im Auge und verschwinden hinter ihrem Stein. Hinkend folgt ihnen der Hund.
Bald hört Bal-Bes Bracs zornige Stimme:
»Bal-Bes, du stinkende Ziege, du dreckiges Schaf! Wir kriegen dich! Warte nur!«
»Nur . . . ur . . . ur . . .«
Bal-Bes wird nicht warten. Er weiß, was Brac vorhat. Er

weiß, wie Brac jagt. Gestern Steinböcke, heute Bal-Bes. Brac wird Bal-Bes umgehen. Wird versuchen, hinter ihn zu kommen. Auf Umwegen, unbemerkt wird er plötzlich hinter Bal-Bes sein. Dann hat Bal-Bes Brac im Rücken und Acqtag vor sich. Bal-Bes hat nur Augen auf einer Seite des Kopfes. Kann nicht alles zur gleichen Zeit sehen. Kann nicht in zwei verschiedene Richtungen zur gleichen Zeit schießen. Bal-Bes weiß, dass er nicht warten darf. – Fort, weiter!

Nein, noch nicht. Bal-Bes schießt einen Pfeil zum Versteck seiner Verfolger. Der Pfeil kann nicht treffen, will auch nicht treffen. Er trifft einen Stein und zerbricht. Der Pfeil will sagen: Bal-Bes ist noch hier. Er wartet auf euch. Bal-Bes hat noch genug Pfeile, hat den Bogen gespannt. Bal-Bes trifft. Bleibt in eurer Deckung!

Dann schiebt sich Bal-Bes, auf dem Bauch liegend, weg von seinem Stein. Er schiebt sich in die Mitte des Ringes, zur Quelle unter dem steinernen Stuhl. Trinkt einige Schlucke. Tut gut. Erst jetzt bemerkt Bal-Bes, wie durstig er ist. Seit dem Mann ohne Namen hatte Bal-Bes keine Zeit, zu trinken, keine Zeit, Durst zu fühlen. Kühl und klar ist das Wasser. Bal-Bes möchte noch mehr trinken. – Genug! Zu viel Wasser im Bauch macht schwer, macht müde und macht neuen Durst.

Bal-Bes kriecht weiter zum hinteren Rand des Steinkreises. Bal-Bes nützt jeden Stein, jede Vertiefung im Boden. Bal-Bes, ein Stein und das Versteck der Verfolger müssen pfeilgerade hintereinander liegen. So kann Bal-Bes nicht gesehen werden. Er darf nicht gesehen werden.

Acqtag und Brac müssen glauben, dass er noch hinter seinem Stein auf sie wartet.
Weiter, weiter auf Händen und Füßen. Immer hinter Steinen bleiben, nicht gesehen werden. Weiter in gebückter Haltung. Je länger die Verfolger in ihrem Versteck bleiben, desto mehr Zeit gewinnt Bal-Bes. Bal-Bes blickt zurück. Acqtag und Brac sind nicht zu sehen. Hocken noch hinter ihrem Stein. Glauben, Bal-Bes wartet noch, da unten, den Pfeil schussbereit im Bogen. Glauben vielleicht, der Zauber des Steinkreises schützt Bal-Bes. – Weiter. Das Tal macht ein Knie, es biegt sich gegen Abend. Bal-Bes kann wieder aufrecht gehen, kann nicht mehr gesehen werden. Bal-Bes hat Zeit gewonnen.
Leicht gehen seine Füße. Bal-Bes hat Brac und Acqtag überlistet. Er hat seine Verfolger hinter sich gelassen. Das macht seine Füße leicht. – Steiler wird der steinige Weg, größer werden die Felsbrocken, die den Weg versperren. Doch das Gehen ist leicht. Gewonnene Zeit macht leichte Füße.
Bal-Bes schaut sich um. Erst jetzt gehen seine Verfolger über den Platz der heiligen Steine. Zwei Männer, kein Hund. Brac und Acqtag. Sie haben viel Zeit verloren. Weiter, gewonnene Zeit nicht verlieren. Wieder schlägt in Bal-Bes' Kopf die Trommel. Fröhlich und leicht schlägt sie den Takt. Sie singt:
Brac, Brac, du kriegst mich nicht.
Acqtag, Acqtag, du schießt mich nicht.
Os, Os, du frisst mich nicht.
Bleibst hUUUUUUngrig,
Bleibst hUUUUUUngrig.

Das Tal ist zur steilen Felsrinne geworden. In der Mitte der Bach. Schon kein Bach mehr, eher ein Gerinne. Zu beiden Seiten Geröllhalden, aus denen Felstürme ragen. Weit oben Steinwände mit schroffen Spitzen, scharf wie die Zähne des Wolfs. In den Lücken zwischen den Felswänden sieht Bal-Bes das Weiß von Os' Zunge. Aus Zahnlücken im Felsgebiss quillt die kalte Zunge hervor. Nichts Grünes mehr, nur graue Zähne und weiße Zunge.

Der Felsenschlund wird weiter. Wieder teilt sich das Tal, verzweigt sich. Bal-Bes muss entscheiden. Zwischen drei Wegen muss er wählen:

Das Tal zur Bogenhand streckt sich weit gegen Sonnenaufgang. Bal-Bes glaubt nicht, dass es der richtige Weg ist, der Weg über die Großen Berge ins Land der Hohen Sonne. Der Weg scheint über riesige Eiszungen in ein weißes Land zu führen, in ein Land, in dem nur Os herrscht. Kein Weg für Bal-Bes.

Geradeaus, im Tal, das gegen die Hohe Sonne führt, liegen große Steine. Gleich dahinter liegt Os. Sehr nahe ist Os. Bal-Bes spürt ihren kalten Hauch, spürt die Gefahr. Kein Weg für Bal-Bes.

Im Tal zur Pfeilhand ist Os etwas weiter weg, höher oben, ist nicht so gefährlich nahe. Doch Os ist da. Os lauert, wohin Bal-Bes auch geht.

Bal-Bes entscheidet sich. Er geht ins Tal zur Pfeilhand. Dorthin, wo Os weiter weg ist.

Bal-Bes geht auf Os zu.

Os wartet.

Eis

Nicht viel weiß Bal-Bes über Os. Bal-Bes weiß nur, dass Os auf ihn wartet. Dass Os hungrig ist, dass Os gefräßig ist. Bal-Bes weiß nur, dass Os ihn fressen will.
Os frisst Tiere und Menschen. Os hat Risse und Spalten in ihrer Zunge. Damit frisst sie. Die Spalten führen tief ins Innere von Os, tief ins Eis. Niemand weiß wie tief, niemand weiß, was tief unten in Os ist. Niemand, der von Os verschlungen wurde, kann erzählen, was tief im Innern von Os ist. – Os versteckt die Spalten durch weichen Schnee. Tritt der Mensch auf den Schnee, bricht der Schnee ein und der Mensch fällt in die kalte Tiefe. – Os ist kalt. Wenn Beth, die Sonne, verschwindet und Sturm aufkommt, wird Os noch kälter. Die Füße des Menschen erfrieren und werden wie tot, ohne Gefühl. Sie werden unsicher, rutschen ab und der Mensch fällt in einen von Os' Schlünden. – Wenn Beth, die Sonne, auf Os scheint, schickt Os giftiges Licht in die Augen der Menschen. Der Mensch wird blind. Mit Blinden hat Os leichtes Spiel.

Blinde sind leicht zu fressen. In Mulden bildet Os Sümpfe aus Wasser, Eis und Schnee. Sie bedeckt den Sumpf mit einer dünnen Eisplatte. Tritt ein Fuß darauf, versinkt der Körper langsam im eisigen Brei.
Os ist listig. Os hat viele Fallen. Niemand kennt sie alle. Bal-Bes kennt nur wenige. Er kennt Os nur aus Erzählungen anderer. Noch nie war Bal-Bes bei Os. – Jetzt steht er vor ihr.
Bal-Bes steht vor Os' Zungenspitze, vor einer Zungenspitze, die wie abgebissen aussieht. – Bal-Bes steht vor einer hohen Eiswand. Die Wand ist zerklüftet durch scharfe Spitzen und tiefe Spalten. Am Boden der dicken Zunge gähnt eine große Höhle. Dunkelgrün schimmert innen das Eis. Heraus rinnt ein Bach: Os' kalter Speichel. Das Wasser sammelt sich in einem kleinen See und rinnt zwischen Steinblöcken ab. Dicht nebeneinander aufgeschüttet, liegen die Steinblöcke in einem Halbkreis vor Os' Zunge: Os' wulstige Lippen. Bal-Bes fährt zusammen. Ein lauter, dumpfer Knall – ein Eisbrocken löst sich von der Wand – fällt ins Wasser. Wasser spritzt hoch, Wellen schlagen an das Ufer des kleinen Sees. Ein Eisberg schwimmt schaukelnd im Wasser. Wippt eine Weile auf und nieder und bleibt dann ruhig im Wasser schweben. – Os hat ein Stück ihrer Zunge ausgespuckt.

Bal-Bes muss weiter. Seine Verfolger sind näher gekommen. Acqtag und Brac sind noch nicht gefährlich nahe, aber sie holen auf. Schritt für Schritt kommen sie näher. Schritt für Schritt. – Bal-Bes klettert zur Bogenhandseite an Geröll und Felsbrocken hoch. Will nicht auf Os gehen, geht am Rand von Os. Er folgt einem Wall aus Steinen, der seitlich an Os' Zunge entlangläuft. Zur Pfeilhand unter ihm liegt Os. Schmutzig, grau ist die Zunge, nur dort, wo frischer Schnee liegt, schimmert sie weiß. Feucht und klebrig glitzert die Zunge. Steine liegen auf der rissigen Zunge wie dunkle Warzen.

Acqtag und Brac sind wieder näher gekommen. Bal-Bes ahnt, warum sie schneller sind. Sie gehen nicht nur schneller, sie finden auch den schnelleren Weg. Den besseren, den leichteren Weg. Sie planen den Weg besser. Sie vermeiden Senken, um daraus nicht wieder hochsteigen zu müssen. Sie umgehen rechtzeitig große Felsstücke, steile Schneeflächen. Brac und Acqtag blicken voraus, denken voraus.

Nun versucht auch Bal-Bes, seinen Weg zu planen. Er geht nicht bergab, um nicht wieder bergauf zu müssen. Schneidet Steigungen schräger, sanfter an, um nicht plötzlich steil hochzumüssen. Ein zu steiler Weg nimmt Kraft, bringt den Atem zum Keuchen, das Herz zum Hämmern. Bal-Bes spart mit Kraft. Er blickt voraus, schätzt ab, wägt Entfernungen ab, versucht Hindernisse zu erahnen. Er umgeht Schluchten und Klüfte, quert Rinnen im leichten Anstieg, meidet Felsbrocken und Steilstücke. Vor allem meidet er Os. Hält Abstand zur schmutzig weißen Zunge. – Bal-Bes blickt zurück. Der Abstand zwischen ihm und seinen Verfolgern ist gleich geblieben.

Plötzlich kann Bal-Bes nicht weiter. Ein steiler Felshang

schneidet in Os' Zunge und schneidet Bal-Bes den Weg ab. Bal-Bes kann nicht weiter. Zu glatt, zu steil ist der Stein. An der Bergseite hängt unbesteigbarer Fels über Bal-Bes. Zurück? Zu spät, um zurückzugehen und den Felshang zu umgehen. Pfeilhandseitig ist Os. Eine Mannshöhe unter ihm lauert Os' lüsterne Zunge. – Os wartet. Bal-Bes zögert. Dann springt Bal-Bes.

Er landet – gleitet aus – fällt auf den Bauch – rutscht einige Schritte talwärts – bleibt liegen. Schnell steht Bal-Bes auf. Seine Kleidung ist nass. Er spürt die kalte Nässe auf der Haut. Fast bis zu den Knöcheln stehen seine Füße in einem kalten Brei aus Eis und Wasser. Zu lange hat die Sonne heute schon Os' Zunge beschienen. Os' Zunge ist weich geworden. Die Haut der Zunge schmilzt, schwitzt kalten Schleim. Rings um Bal-Bes gluckst und gurgelt Schmelzwasser.

Vorsichtig geht Bal-Bes weiter. Bei jedem Schritt scheint Os zu schmatzen. Das Gehen ist schwer, aber bis jetzt noch nicht gefährlich. Keine Risse, keine Schründe auf Os' Zunge. Kein Schnee, der Spalten versteckt. – Bal-Bes will den steilen Berghang umgehen, um dann seinen Weg auf festem Fels fortzusetzen. Nur weg von Os, weg von der Kälte, weg von der Nässe, weg von der Gefahr, verschluckt zu werden. – Auf der anderen Seite des Hanges klafft zwischen Os und dem Fels ein breiter, tiefer Schlund. Zu weit, um hinüberzuspringen, zu tief, um ihn durch Klettern zu überwinden. Bal-Bes kann nicht mehr hinüber zum Fels. Wird es auch später nicht können. Weit hinauf, so weit Bal-Bes sehen kann, zieht sich der Schlund zwischen Os und Fels. Nirgends eine Brücke, ein Weg hinüber. Bal-Bes ist gefangen, ist abgeschnitten vom festen Boden, muss den unsicheren Weg auf Os' Zunge weitergehen. Die Verfolger sind nicht zu sehen. Haben sie aufgegeben? Das glaubt Bal-Bes nicht. Brac und Acqtag werden einen anderen Weg genommen haben. Bald werden sie wieder sichtbar hinter Bal-Bes her sein. Bal-Bes geht. Und Os schmatzt.

Bal-Bes benutzt den Bogen als Stock. Drei Beine finden besseren Halt als zwei. An schneebedeckten Stellen stochert Bal-Bes in den Schnee vor ihm. Trifft die Bogenspitze auf festes Eis, kann Bal-Bes weitergehen. Bricht sie durch den Schnee ins Leere, muss Bal-Bes die Spalte umgehen. Spalten, die vom Schnee bedeckt sind, erkennt er bald an der Farbe. Dort schimmert der Schnee blau. Es graut Bal-Bes, wenn er in offene Spalten blickt. Grünblau leuchtet es herauf und in der Tiefe tropft und rauscht es. Wie tief es hinuntergeht, kann Bal-Bes nicht erkennen und will es nicht wissen. Die Sonne auf Os' Zunge sticht in den Augen, blendet Bal-Bes. Die Augen sehnen sich nach Dunkel, nach mattem Grün, nach den warmen Farben der Erde. Doch nur gleißende Helligkeit ist um Bal-Bes. Alles glitzert und funkelt. Bal-Bes zieht die Augenlider zu schmalen Schlitzen zusammen, hofft so, das blendende Licht nicht in die Augen zu lassen.

Bal-Bes' Füße gehen wie von selbst. Schritt für Schritt, langsam und schwer. Os lässt Speichel über ihre Zunge rinnen und schmatzt bei jedem seiner Schritte . . .

Auch Bal-Bes' Gedanken gehen. Gehen zurück auf Os' Zunge, zurück zu Os-Acq-Abend, zurück zu den Hütten der Tau-Tau, weit, weit zurück den Grünen Fluss entlang, zurück zu Dau-Kall, der Mutter aller. Zurück zu Bal-Bes' Stamm. Zurück zu der Zeit, als Bal-Bes Noch-Kind-schon-Mann war.

... Trommeln schlagen. Trommeln rufen zum Krieg. Die Männer des Stammes bereiten sich auf den Krieg vor. Der Häuptling und der Rat der Alten haben den Krieg beschlossen. Der große Zauberer hat die Maske des Stiers aufgesetzt. Die Maske mit den schwarzen Hörnern und der roten Zunge. Der Stiermann legt bunte Steine auf den Boden, ritzt Zeichen in den Sand. Erbeutete Waffen, Kleidungsstücke und abgehackte Körperteile der Feinde werden dazugelegt. Nackte, grell bemalte Männer tanzen im Kreis. Tanzen im Takt der Trommeln um die Sachen der Feinde. Die Trommeln schlagen zorniger. Wilder werden die Bewegungen der Männer, schneller wird ihr Tanz. Die Männer stoßen Schreie aus und schleudern die Speere gegen die Sachen der Feinde. Ein Speer bleibt im blutgetränkten Kleid eines Feindes stecken. Freudengeschrei. Schreie der Rache, Schreie des Siegs. Schneller die Trommeln, schneller der Tanz. Öfter die Schreie. – Einige Männer taumeln aus dem Kreis, brechen zusammen, die erschöpften Körper zucken weiter zum Takt der Trommeln. – Andere Männer reihen sich ein und tanzen mit. Immer mehr Männer tanzen mit. Immer mehr Schreie gellen. Lauter, schriller. Die Männer schreien sich Angst und Zögern aus ihren Körpern; brüllen einander Mut, Zorn und Hass zu. Die Krieger tanzen bis zur Erschöpfung, tanzen, bis sie umfallen. Auch Bal-Bes tanzt mit. Er weiß nicht genau, warum. Er folgt dem Brauch. Es ist das erste Mal, dass Bal-Bes mittanzen darf. Das erste Mal, dass Bal-Bes am Kriegszug teilnehmen kann. Bal-Bes ist stolz darauf.

Es ist noch nicht lange her, dass Bal-Bes die Narbenzeichnung auf dem Rücken trägt. Der Zauberer hat sie mit dem Messer eingeschnitten. Hat ihm das Zeichen des großen Fisches mit dem langen Bart eingeschnitten. Die Krieger und der Häuptling haben zugesehen. Bal-Bes war tapfer. Hat den Mund zusammengepresst, hat keinen Schrei von sich gegeben. Kein Stöhnen, kein Wimmern war von Bal-Bes zu hören. – Seither ist er Krieger, darf tanzen, darf mit in den Krieg. – Bal-Bes tanzt. Er freut sich auf den Krieg, seinen ersten Kriegszug . . .

Bal-Bes schreckt auf. Er ist wieder hier, auf der Zunge von Os. Über sich hört Bal-Bes dumpfes Rollen und Donnern. Bal-Bes blickt hinauf. Durch eine Rinne am Berghang poltern Steine und Eisstücke herunter. Noch sind sie hoch über ihm, aber sie kommen schnell, kollern in seine Richtung. Bal-Bes macht einige hastige Sprünge weg von der Richtung der fallenden Steine, wirft sich nach vorn auf den Bauch, bedeckt den Kopf mit den Händen. – Dicht hinter und neben ihm schlagen die Steine ins Eis. Wasser und Eisstücke spritzen hoch. Steine rammen sich in Os' Zunge, bleiben stecken, schauen nur noch mit den Spitzen aus dem Eis. Einige Steine werden von Os zur Gänze verschluckt. Risse und Löcher bleiben zurück. – Bal-Bes ist nicht getroffen. Mit weichen Knien steht er durchnässt auf. Bal-Bes weiß jetzt: Os frisst auch Steine.

Viele steile Rinnen durchziehen den Berghang. Steil und pfeilgerade führen sie herunter zu Os. Durch jede Rinne können Steine herunterkollern, Steine, die Bal-Bes erschlagen. Bal-Bes muss weg vom Hang. Er muss weiter hinaus auf Os. Muss weiter hinaus, zur Mitte von Os' Zunge.

Ganz weit wird das Weiß um ihn. Os wird größer. Ganz klein wird Bal-Bes. Bal-Bes ist nur ein kleiner dunkler Punkt auf Os' Zunge. Langsam bewegt sich der Punkt über das weite Weiß. Langsam, kaum merklich, kriecht der Punkt weiter, wie eine Wanze auf einem großen Stück weiß gefärbten Leders.

Bal-Bes ist müde. Seine Füße sind schwer. Seine Schuhe sind nass. Wasser ist eingedrungen. Das Heu in den Schuhen hat sich mit Wasser voll gesaugt, ist aufgequollen, macht die Schuhe schwer, macht die Zehen kalt. – Bäche und Wasserfälle stürzen über Os' Zunge. Os schmatzt nicht mehr bei Bal-Bes' Schritten, Os schlürft.

Bal-Bes blickt zurück. Seine Verfolger sind wieder zu sehen. Auch Acqtag und Brac sind zwei Punkte auf dem Eis. Ihr Abstand zu Bal-Bes ist der gleiche wie früher. Auch sie müssen langsam gehen. Die Spur, die Bal-Bes gezogen hat, ist nicht mehr zu sehen. Zerronnen. Sie müssen selbst ihren Weg suchen, selbst den Schnee auf

Spalten prüfen, selbst entscheiden, wo der Spalt zu umgehen ist. – Aber Acqtag und Brac geben nicht auf. Lassen sich nicht abschütteln. Folgen Bal-Bes. Haben Bal-Bes immer vor Augen.
Bal-Bes' Gedanken wandern. Wandern wieder zurück zu Bal-Bes' Stamm, zurück zu Bal-Bes' erstem Kriegszug:
... Nacht. Stille. Lautlos bewegt sich die lange Schlange der Krieger. Leise treten die Füße auf. Keiner spricht. Die Reihe der Krieger bewegt sich durch den Wald. Kein dürrer Zweig knackt. Die Gesichter der Männer sind in dunklen Kriegsfarben bemalt. Im Schatten des Waldes sind die Männer kaum zu sehen. Nur manchmal blitzt das Weiß eines Auges auf. Bal-Bes geht am Ende der Reihe. Voran geht der Häuptling.
Sie umstellen die Hütten der Feinde. Der Feind ahnt nichts. Der Feind schläft. Bald wird er erwachen. Bald wird er wieder schlafen. Für immer. Die Männer um Bal-Bes machen sich kampfbereit. Warten auf das Zeichen des Häuptlings. Bal-Bes mag nicht mehr warten, ist ungeduldig. Er möchte, dass der Kampf beginnt, möchte, dass die Anspannung nachlässt, möchte wie ein Pfeil von der Sehne schwirren. Bal-Bes möchte seinen Mut zeigen.
Bal-Bes weiß nicht, warum Krieg ist. Der Häuptling und die Alten haben den Krieg beschlossen. Darum ist Krieg. Alle Männer mit der Narbenzeichnung auf dem Rücken müssen in den Krieg. So ist es Brauch. Die Krieger sollen nicht fragen, warum Krieg ist. Die Krieger sollen gegen

die Feinde ziehen und kämpfen. Denn der Feind ist böse. So sagen es alle. Und alle sagen: »Wir sind im Recht.«
Der Häuptling gibt das Zeichen zum Angriff. – Bal-Bes hat keine klaren Bilder vom Kampf im Kopf. Nur rote Wolken. Durch rote Wolken hört Bal-Bes Schreie: Angstschreie, Schmerzensschreie, Todesschreie. Hört das Keuchen der Kämpfenden, das Splittern der Waffen. Durch rote Wolken sieht Bal-Bes erhobene Beile, stürzende Körper. Wie in einem roten Traum erlebt er das Schlachten. Es ist ein Traum, den Bal-Bes nicht sehen mag.
Nach dem Kampf sitzt Bal-Bes benommen da. Weiß nichts mehr. Weiß nur, dass er noch lebt. Weiß nur, dass sein Stamm den Krieg gewonnen hat. Weiß, dass er den Krieg nicht mag. Bal-Bes mag nicht, was um ihn vorgeht. Hell und rot züngeln die Flammen der vielen Feuer, erleuchten die Nacht, bescheinen das, was Bal-Bes nicht sehen mag:
Aus den Hütten schleppen Männer große Bündel. Schleppen Beute herbei und werfen sie auf einen Haufen. Geräte, Nahrung, Felle. Hütten werden in Brand gesteckt. Hütten brennen. Hoch schlagen die Flammen, Hütten stürzen ein, verkohltes Gebälk raucht. Die Hand eines Toten klemmt zwischen zwei schwarzen, niedergestürzten Balken. Vieh wird zusammengetrieben. Rinder brüllen, Schafe blöken. Tiere werden geschlachtet und auf Spießen gebraten. Gefangene werden gebunden, geschlagen, getreten, verhöhnt, angespuckt, mit Dreck beworfen. Schreiende Frauen werden verfolgt. Männer reißen ihnen die Kleider vom Leib, werfen die

Frauen zu Boden, schlagen sie und lachen dabei. Kinder irren durch die schwarzen, rauchenden Reste der Hütten. Weinen. Hocken mit großen, verstörten Augen neben der toten Mutter, dem toten Vater, dem toten Bruder, der toten Schwester. Hocken da. Sagen nichts. Sind sie im Weg, stößt ein Fuß sie beiseite. Verletzte Feinde liegen in ihrem Blut. Ihre klaffenden Wunden schmerzen. Die Verletzten stöhnen. Sie schreien um Hilfe. Niemand hilft ihnen. Wird ihr Geschrei zu laut, macht ein Beilhieb, ein Messerstich ihren Qualen ein Ende. Die Toten schreien nicht mehr.
Die Sieger lachen. Die Sieger lachen laut und roh. Sie schlingen geraubtes Fleisch, saufen geraubten Methe. Methe schmeckt süß, Methe macht trunken. Die Sieger prahlen mit ihren Taten. Wie viele Feinde sie getötet, wie viele Köpfe sie gespalten, wie viele Bäuche sie durchstochen. Zeigen stolz ihre Wunden. Schlagen einander auf die Schultern, schlagen Gefangene, treten auf Verletzte, stolpern über Tote. Fallen auf blutige Erde und lachen laut. Bleiben betrunken liegen. Mittendrin sitzt Bal-Bes. Ihn ekelt. Er schließt die Augen. Er will den Krieg nicht mehr sehen. Will die Toten nicht sehen. Das Blut. Die Verletzten. Die Wunden. Die brennenden Hütten. Die rauchenden Reste der Hütten. Die Kinder, die stumm mit großen Augen auf Leichen hocken. – Bal-Bes will nichts mehr hören. Bal-Bes hält sich die Ohren zu. Will nicht mehr hören das Stöhnen der Sterbenden, die Schreie der Frauen, das brüllende Gelächter der Sieger, das Weinen der Kinder, die umherirren. Will nichts

mehr hören vom Krieg. Will nichts mehr wissen vom Krieg. Bal-Bes hasst den Krieg.
Morgen geht der Krieg weiter. Morgen ist Krieg bei anderen Hütten. Wieder Schreie, Verwundete, Tote ... Bal-Bes will nicht. Er steht auf. Er geht weg. Zuerst langsam, dann schneller. Dann läuft er. Bal-Bes läuft weg vom Krieg. Will weit weg. Weg von dem Gestank von Blut, Rauch und Tod.
Kein Krieger darf vom Krieg weglaufen. So ist es Brauch. Doch Bal-Bes läuft. Bal-Bes ist nicht mehr Krieger. Bal-Bes will kein Krieger mehr sein. Bal-Bes läuft weg. Läuft, läuft ...

Der Schnee unter dem Fuß gibt nach. Die Schneedecke bricht ein. Der Fuß tritt ins Leere. Bal-Bes fällt in die Tiefe. Bal-Bes schreit auf. Reißt die Arme in die Höhe. Sein Körper stößt an Eis. Eis knirscht. Mit einem Ruck bleibt der Körper stecken, eingeklemmt, fällt nicht mehr. – Bal-Bes ist in einen Spalt gefallen. Os hat ihn.
Blaugrüne Dämmerung umgibt Bal-Bes. Unter ihm gluckst und rauscht es. Bal-Bes' Oberkörper steckt zwischen zwei Eiswänden, einer Enge im Spalt. Unter ihm weitet sich wieder der Spalt. Seine Beine baumeln über der Tiefe. Weit über ihm der offene Spalt und ein schmales Stück Himmel.
Verloren – aus – tot, denkt Bal-Bes. Bal-Bes gibt auf. Doch da kommt die Angst. – Angst kommt in Wellen. Größere, schnellere Wellen folgen. Riesenwellen schlagen über Bal-Bes zusammen. Heiße Wellen der Angst

peitschen durch Bal-Bes' Körper. Bal-Bes schlägt mit den Beinen, windet, dreht, krümmt den Körper. – Os lacht glucksend. Eis bröckelt ab. Bal-Bes bekommt einen Arm frei. Zieht den Arm aus der Enge, greift hoch. Sein Körper rutscht tiefer, droht durch die Enge zu rutschen, hinunter in Os' blaugrüne Tiefe. Verzweifelt krallt sich die Hand an das glatte Eis. Rutscht ab. Der Körper rutscht tiefer. Da – endlich –, ein kleiner Riss in der Eiswand. Die Finger krallen, saugen sich fest, finden Halt. Der Körper hört auf zu rutschen. Das Gewicht des Körpers hängt an vier Fingerspitzen. Eis ist glatt, der Körper ist schwer. – Doch die zweite Hand ist frei. Sie tastet an der Eiswand, findet einen Griff, stützt den Körper ab. Schiebt den Körper hoch. Langsam, ein kleines Stückchen. Ein Fuß findet einen Absatz im Eis. Stützt, schiebt hoch. Jetzt wieder die andere Hand. Tastet, sucht, findet Halt, zieht. Zieht den Körper durch die Enge. Stück für Stück. Alles hilft mit: Ellbogen, Knie, Finger, Fersen, Zehen, Rücken. Sie tasten, suchen nach Ritzen, Kerben, Stufen. Finden ein wenig Halt, rutschen ab, finden wieder Halt. Alle Muskeln in Bal-Bes' Körper ziehen, schieben, drücken, stemmen den Körper langsam höher. Manchmal gibt ein Griff nach – Bal-Bes rutscht tiefer. Doch Rücken, Beine, Arme pressen gegen die Eiswände, verkeilen, verspreizen den Körper – verhindern den Fall.

Acht Fingerspitzen greifen über den Rand der Spalte. Krallen sich fest, ziehen. Ziehen Bal-Bes' Kopf aus der Spalte. Ein Knie schiebt sich über die Kante, ein Ellbogen. Bal-Bes' Körper rollt aus dem Spalt. Rollt in den

Schnee, weg von der Spalte, bleibt, schwer atmend, liegen.
Os gurgelt zornig. Die Beute ist ihr entwischt. Das Festmahl wurde verschoben. Noch ist Os hungrig. Noch. – Doch Os kann warten, Os hat Zeit.
Bal-Bes hat keine Zeit. Acqtag und Brac sind näher gekommen, sind keine Punkte mehr, sind kleine Striche, die auf ihn zukommen. Kleine Striche, die größer werden.
Bal-Bes geht weiter. Bal-Bes hinkt. Eine offene Wunde am Schenkel färbt das Leder der Hose dunkelrot. Bal-Bes spürt die Wunde nicht. Er spürt auch nicht die vielen blutenden Risse und Schnitte an den Händen und im Gesicht. Eis hat scharfe Kanten. Eis hat Spitzen. Blut macht helle rote Flecke auf Os' Zunge. Os hat Blut geleckt.
Bal-Bes blickt nach vorn, nach oben. Schwere schwarze Wolken hängen über der Höhe. Kein Gipfel, kein Übergang ist zu sehen. Die schwarzen Wolken lassen Bal-Bes nicht sehen, wohin er gehen will.
Noch verdecken die Wolken nicht die Sonne. Noch strahlt die Sonne. Strahlt auf Os. Und Os strahlt giftiges Licht in die Augen von Bal-Bes. Bal-Bes' Augen brennen. In den Augen scheint Sand zu sein. Rote Ringe tanzen vor den Augen. Bal-Bes holt seine Pelzmütze aus der Tasche. Er zieht die Mütze tief ins Gesicht, sodass die Haare des Fells die Augen bedecken. Bal-Bes bindet sich ein Stück Leder vor das Gesicht. Lässt nur einen Spalt für die Augen frei. Genau so viel, dass die Augen noch sehen können.

Schwer und müde gehen Bal-Bes' Füße. Die Wunde am Bein schmerzt. Das Bein schleift nach. – Bal-Bes darf nicht mehr zurückdenken an den Krieg ... seine Gedanken müssen hier bleiben bei Bal-Bes. Bei Bal-Bes, der auf Os geht. Dürfen nicht zurück zu Bal-Bes, der vom Krieg weggelaufen ist ... müssen hier bleiben, müssen auf Listen und Fallen von Os Acht geben. Dürfen nicht zurück ... zurück ... müssen hier bleiben. Müssen vorwärts, müssen hinauf zum Übergang ... Dürfen nicht zurück zu Bal-Bes' Stamm, zurück ... zurück ... müssen hier bleiben, vor Os' Gefahren warnen. Dürfen nicht zurück ... zurück ... zurück ...

... Bal-Bes schämt sich. Er geht mit gesenktem Kopf, blickt zu Boden. Er schämt sich nicht, dass die Krieger seines Stammes ihn eingefangen haben, ihn zurück zu den Hütten führen. Er schämt sich nicht, vom Krieg weggelaufen zu sein. – Er schämt sich, dass die Krieger ihn für feige halten. Dass sie glauben, er sei vor dem Feind weggelaufen. Aus Angst. – Bal-Bes hat versucht, es zu erklären: Nicht Angst, nicht Feigheit waren seine Gründe, wegzulaufen. Der Krieg selbst war der Grund. Bal-Bes' Abscheu vor dem Krieg. Seine Abscheu, Menschen zu töten, die ihm nichts getan haben. Kindern und Frauen wehzutun. Hütten niederzubrennen. Zu rauben. Sich zu freuen, wenn andere leiden. Beim Morden zu lachen. Darum ist Bal-Bes weggelaufen.

Die Männer verstehen ihn nicht, glauben ihm nicht. Sie lachen ihm ins Gesicht: »Feigling!« – Sie drängen, treten, stoßen ihn zum großen Platz vor der Hütte des Häuptlings. Bal-Bes fällt hin. Liegt auf dem Boden. Die Männer schleifen seinen Körper durch den Staub zum großen Platz. Bal-Bes wird an einem Pfahl festgebunden. Männer, Frauen und Kinder stehen um ihn herum. Die Mitglieder seiner Sippe stehen abseits. Sie haben die Gesichter verhüllt, haben die Hände schwarz bemalt. Zeichen der Schande, Zeichen der Trauer. Der Rest des Stammes umsteht Bal-Bes, gafft ihn böse an. Menschen lachen ihn aus, schreien ihn an, zeigen mit den Fingern auf ihn. Spucken ihn an. Werfen Abfälle und Schmutz auf ihn.

Es wird still, als der Zauberer kommt. Er bemalt Bal-Bes' Körper mit gelber Farbe. Grelles, schmutziges Gelb. Klebt Federn auf den Körper. Umtanzt Bal-Bes, murmelt Zaubersprüche. Dann schreit er laut:

»Der den Feind fürchtet, bringt Schaden dem Stamm. Der den Kriegszug verlässt, bringt Gefahr für die Krieger. Wer Angst vor dem Feind hat, muss verlassen den Stamm. So ist es Brauch und der Brauch ist gut.«

Mit ausgestreckter Hand zeigt der Zauberer auf Bal-Bes und schreit weiter:

»Er fürchtet den Feind, er bringt Schaden dem Stamm. Er verließ den Kriegszug, brachte Gefahr für die Krieger. Er hat Angst vor dem Feind, muss verlassen den Stamm. So ist es Brauch und der Brauch ist gut.«

Der Zauberer nimmt das heilige Messer und schneidet Bal-Bes die Ohrläppchen ab. Blut rinnt Bal-Bes über den Hals, auf die Schultern, über Rücken und Brust. Der

Schmerz des Schnittes macht Bal-Bes nichts aus. Es ist der Schmerz der Schande, der wehtut.

Der Zauberer wendet sich der gaffenden Menge zu, zeigt mit dem Finger auf Bal-Bes und schreit:

»Feiger Vogel!«

Der Stamm brüllt gemeinsam:

»Flieg weg, flieg weg!«

Dann der Zauberer, lauter, drohender:

»Feiger Vogel!«

Und die Menge:

»Flieg weg, flieg weg!«

»Feiger Vogel!«

»Flieg weg, flieg weg!«

Der Zauberer hebt beide Hände in die Höhe und schreit mit schriller Stimme:

»Und komm niemals wieder!«

»Und komm niemals wieder!«, murmelt dumpf der Stamm.

Der Zauberer durchschneidet Bal-Bes' Fesseln. Jetzt muss Bal-Bes laufen, muss sich den Weg durch die Menge bahnen. Fäuste treffen ihn. Stockhiebe prasseln auf seinen Rücken. Peitschenschläge reißen die Haut auf. Das alles spürt Bal-Bes nicht. Nur die Schande schmerzt. Die Schreie »Feiger Vogel! Flieg weg, flieg weg! Und komm niemals wieder!« tun weh. Bal-Bes fällt nieder. Füße treten nach ihm. Schläge sausen auf ihn nieder. Auf! Weiterlaufen! Bal-Bes hat die Menschenmenge hinter sich gelassen. Einige verfolgen ihn noch. Schlagen weiter auf ihn ein. Versuchen, ihn zu Fall zu bringen. Steine werden

nachgeworfen. Einige treffen. Weiter! Weg von den Hütten! Laufen, laufen. Endlich lassen die Menschen von ihm ab, aber ihre Schreie hört Bal-Bes noch lange:
»Feiger Vogel! Flieg weg, flieg weg! Und komm niemals wieder!«
Weit weg von den Hütten hört Bal-Bes auf zu laufen. Er geht. – Und er geht seither . . .

Bal-Bes geht nicht mehr. Kann nicht weitergehen. Steht vor einer Eiswand. Eine riesige Stufe in Os' Zunge versperrt Bal-Bes den Weg. Stufen helfen beim Aufstieg. Diese hindert. Sie scheint für Riesen gemacht. Nicht für Bal-Bes. Die Eisstufe misst die doppelte Größe von Bal-Bes und zieht sich quer über die ganze Breite von Os' Zunge.
»Bis hierher und nicht weiter!«, sagt Os und kichert glucksend.
Die Verfolger kommen näher. Acqtag voran, Brac weiter zurück. Verzweifelt rennt Bal-Bes den Fuß der Riesenstufe entlang. Versucht, in der Eiswand einen Durchstieg zu finden. Glatt, so glatt ist die Wand. Und hoch. Bal-Bes rennt. Und sucht. Sucht einen Weg durch, einen Weg über die Wand. Muss weg von Acqtag und Brac, die näher, immer näher kommen.
Da – ein Riss in der Wand. Bal-Bes schlüpft hinein. Der Riss führt weiter, steigt höher. Vor Bal-Bes' Füßen ein Spalt. Bal-Bes überspringt ihn. Rennt weiter. – Aus. – Der Riss ist zu Ende. Die Eiswand steigt hoch. Die Verfolger kommen näher.

Bal-Bes versucht, die Wand zu erklettern. Findet eine Stufe für den Fuß, einen Griff für die Hand. Zieht sich ein Stück höher. Noch ein Halt für die Finger, noch ein Stück höher. Dann nichts mehr, nur glatte Wand. Der nächste Griff ist zu hoch über Bal-Bes. Mit den Fingern nicht zu erreichen.

In Kniehöhe vor Bal-Bes ist ein kleiner Riss im Eis. Bal-Bes spannt die Sehne aus dem Bogen. Rammt den Bogen in den Riss. Drückt den Bogen bis zur Mitte ins Eis. Prüft. Der Bogen hält. Bal-Bes setzt den Fuß auf den Bogen. Drückt sich vorsichtig hoch. Handflächen und Körper fest ans Eis gepresst, gleitet Bal-Bes langsam höher. Der Bogen biegt sich. Der Bogen knackt. Dann bricht der Bogen. Aber Bal-Bes hat den Griff mit einer Hand erreicht. Er klammert sich fest und pendelt mit dem Körper an der Eiswand. Irgendwo finden seine Füße wieder Halt. Irgendwo findet die andere Hand einen Griff. Wieder ein Stück höher. – Doch jetzt ist es aus. Nur mehr glattes Eis zwischen Bal-Bes und dem oberen Ende der Wand. Kein Halt für den Fuß, kein Griff für die Hand. Kein Platz zum Festhalten.

Ein kleines Stück kann Bal-Bes den Kopf wenden. Aus den Augenwinkeln sieht er Acqtag und Brac näher kommen. Sie sind nur mehr zwei Pfeilschussweiten entfernt. Bal-Bes sieht, dass sie gerundetes Holz vor die Augen gebunden haben. Im Holz ist ein langer, schmaler Schlitz. Der Schlitz erlaubt zu sehen und hält Os' giftiges Licht von ihren Augen ab. Wie gut sie ausgerüstet sind! Die zwei Schlitzaugen kommen näher. Bal-Bes hat nichts. Bal-Bes hängt eng an die Eiswand geschmiegt und kann nicht höher. Nur einen Griff braucht Bal-Bes im glatten Eis, und er könnte über die Stufe kommen. Könnte weitergehen, könnte seinen Verfolgern entkommen. – Wie sehr vermisst er sein Beil! Das hat der Mann ohne Namen. Was nützt es dem! Hier, hier wäre es Bal-Bes von Nutzen. – Das Messer! Bal-Bes hat noch sein Steinmesser. Eng an das Eis gelehnt, hackt Bal-Bes mit dem Messer eine Kerbe in die Wand. Hackt mit einer Hand. Hackt, stößt, schneidet, bohrt. Hat beim Ausholen Angst, nach hinten zu kippen, hinunterzufallen. – Das Steinmesser bricht, entfällt seiner Hand. – Doch die Finger finden Platz in der Kerbe. Bal-Bes zieht sich hoch, die andere Hand erreicht die obere Kante der Eiswand. Noch eine letzte Anstrengung – Bal-Bes ist oben. Bal-Bes hat die Stufe in Os' Zunge überwunden. – Ahhhhh!

Die Verfolger mit dem hölzernen Spaltauge haben den Eingang des Risses erreicht, betreten den engen Gang. Noch haben sie die Wand zu überwinden. Das gibt Bal-Bes Abstand, gibt ihm Zeit.
Beim Aufstieg über die Stufe hat Bal-Bes seine Pfeile verloren. Sie sind aus dem Köcher gerutscht. Ein Pfeil schlenkert noch im Köcher, als Bal-Bes weitergeht. – Nicht mehr viel hat Bal-Bes: seine Tasche und einen Pfeil im Köcher. Keinen Bogen, kein Messer, kein Beil. Aber er hat Hoffnung. Noch hat er Hoffnung.
Er blickt nach vorn, nach oben. Der Wind hat die schwarzen Wolken zerrissen. Wie zerfetzte Stücke schwarzen

Fells hängen die Wolken über der Höhe. Bal-Bes kann sehen, wie riesig Os ist. Os ist überall. Von überall her kommen Os' eisige Zungen. Fließen hier zusammen, wo Bal-Bes geht. Os bedeckt alles. Nur die höchsten, steilsten Gipfel, so steil und felsig, dass Os an ihnen nicht haften kann, stecken ihre Spitzen aus Os' harter Kruste heraus. Sie ragen aus Os wie die spitzen Mäuler von Fischen im See, die nach Fliegen schnappen.

Noch etwas sieht Bal-Bes. Zwischen den Gipfeln sieht er eine niedrige Stelle: den Übergang über die Großen Berge! Vor ihm. Nicht zu hoch. Nicht zu steil. Keine Stufen auf dem Weg dorthin. Und nicht zu weit. Bal-Bes weiß – das kann er schaffen!

Das schafft er, ohne dass Brac und Acqtag ihn kriegen. Das muss sein Körper noch schaffen. Das können seine Füße noch gehen. Von dort an geht es bergab ins Land der Hohen Sonne. Bis dorthin schafft er es, ohne dass Os ihn frisst.

Froh und leicht lässt Bal-Bes die Trommel singen. Froh und leicht schlägt die Trommel den Takt:

Os, Os, du frisst mich nicht.
Acqtag, Acqtag, du schießt mich nicht.
Brac, Brac, du kriegst mich nicht.
Gehst lEEEEEEr aus,
gehst lEEEEEEr aus!

Leicht gehen wieder seine müden Füße, leicht hinkt Bal-Bes dem Ziel entgegen.

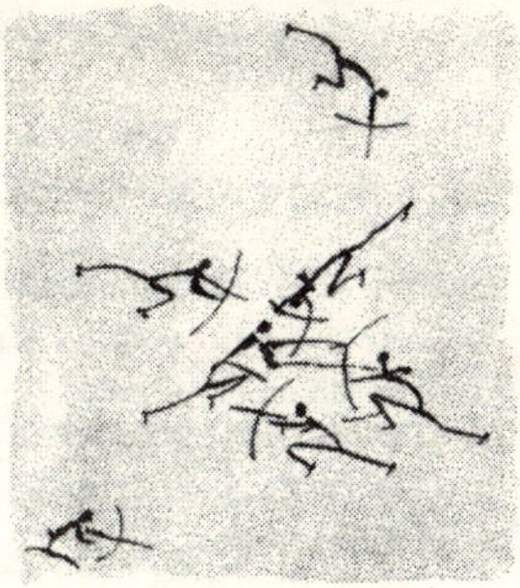

Kampf

Os lächelt über den winzig kleinen Punkt auf ihrer großen Zunge. Os lächelt über Bal-Bes, weil Bal-Bes glaubt, Os entkommen zu können. Niemand entkommt Os, wenn Os es nicht will. Os hat noch viele Listen und Fallen bereit, verderbliche, todbringende. Bal-Bes ahnt nichts davon, daher Os' spöttisches Lächeln.

Die schwarzen Wolken schließen sich wieder über den Gipfeln. Sie verdecken die Sicht, verdecken die Sonne. Verdecken Bal-Bes' Ziel. Doch Bal-Bes kennt die Richtung.

Grauer Nebel wälzt sich von der Höhe über Os' Zunge herunter zu Bal-Bes. Der Nebel rollt und fließt, wie träges Wasser der großen Flüsse. Wie dunkles, schmutzig graues Wasser kriecht er am Boden dahin und schlüpft in Spalten und Risse von Os' Zunge. Nebelwolken schlagen wie durchsichtige Wellen an Bal-Bes' Füße, umspülen seine Beine. Schlängeln sich weiter. Sanft, unhörbar. Bal-Bes schaut sich um. Zwei Bogenschussweiten hinter sich sieht er einen Kopf. Nur ein Kopf schwebt über dem Nebel und folgt Bal-Bes. Acqtags Kopf. Der Kopf mit dem langen, schmalen Auge. Acqtags Körper und Beine sieht Bal-Bes nicht. Die stecken im grauen Nebel. Der Kopf schwimmt auf der dunklen Suppe und schwimmt Bal-Bes nach.

Wo ist Brac? – Wird Brac vom Nebel verdeckt? Kann Brac nicht weiter? Ist Brac verletzt? Über die Eiskante gestürzt? – Bal-Bes ist froh, nur mehr einen Verfolger hinter sich zu haben. Nicht froh bei dem Gedanken, dass Brac tot sein könnte.

Höher schlagen die Wellen des Nebels. Os' nasser grauer Atem umfließt alles. Die rollenden Wellen schlagen über Bal-Bes zusammen, hüllen auch Acqtags Kopf ein. Nur undeutlich sieht Bal-Bes Acqtag noch hinter sich. Doch der Schatten folgt, bleibt Bal-Bes auf den Fersen. Bal-Bes folgt der Richtung, von der er glaubt, dass sie zum niedrigen Übergang führt. Hofft, dass die Richtung stimmt. Ist sich nicht mehr ganz sicher. Er versucht, in gerader Richtung zu gehen. Doch Spalten in Os' Zunge müssen umgangen werden. Bal-Bes' Pfad windet sich wie eine Schlange. Der Schatten hinter ihm folgt. Schatten folgt Schatten.

Schnee beginnt zu fallen. Zuerst fallen kleine Flocken, wenige, vereinzelt. Dann größere, viele, ganz dicht. Nun fallen große Schneefetzen, groß wie Schmetterlinge. Die Schneetiere umflattern Bal-Bes, setzen sich auf seine Kleider, vergehen zuerst, bleiben dann sitzen, werden mehr und mehr. So dicht, so schnell fallen die Flocken, dass Bal-Bes glaubt, er gehe durch weiße Wände. – Schnee zerrinnt nicht auf Os' Zunge. Schnee bleibt liegen, Schnee bedeckt die Zunge, versteckt die Spalten. Die weiße Decke auf Os' Zunge wird höher, Bal-Bes' Fußstapfen werden tiefer. Bis zu den Knöcheln watet Bal-Bes im Schnee. Er muss langsam gehen, muss auf versteckte Spalten achten. – Bal-Bes kann Acqtag nicht mehr sehen. Er weiß, dass auch Acqtag Bal-Bes nicht mehr sehen kann. Aber er weiß, dass Acqtag ihm folgt, denn Bal-Bes' Spuren werden tiefer. So tief, dass der Schnee sie nicht schnell genug zudecken kann.

Nebel und Schnee bringen Kälte. Bal-Bes friert in den nassen Kleidern. Friert in den nassen, aufgeweichten Schuhen. Er holt das Schlaffell aus seiner Tasche. Noch ist es trocken und verspricht Wärme. Bal-Bes wickelt sich in das Fell und hält die Enden von innen mit den Händen zusammen. Das Fell ist groß und dick und bietet Schutz und Wärme. So ist es besser. Doch die Füße bleiben kalt. Die Zehen schmerzen vor Kälte. Bal-Bes sinkt bis zu den Knien ein. So hoch liegt der Schnee. Schwerer wird das Gehen, schwerer wird das Heben der Füße, schwerer werden die Füße. – Es kann nicht mehr weit sein zur Höhe, zum niedrigen Übergang. Bal-Bes mag nicht mehr gehen, darum spricht Bal-Bes sich Mut zu: Nur weiter, noch einige Schritte. Weiter, es sind nur noch wenige Schritte. Es kann nicht mehr weit sein hinauf zur Höhe, von der es nicht mehr höher geht, von der es hinuntergeht – ins Land der Hohen Sonne. – Sonne. Wärme. Bald. Bald ... Dunkle Gestalten tauchen vor

Bal-Bes auf. – Menschen? Nein. – Die dunklen Gestalten stehen still. Sind größer als Menschen. Sind fast vom Schnee bedeckt. – Steine sind es, Felsen. Sie rührt die Kälte, der Schnee, der Nebel nicht. Sie fürchten sich nicht vor Os, vor Verfolgern. Sie stehen still. – Schreck fährt durch Bal-Bes. Als der Blick zur Höhe noch frei war, sah Bal-Bes keine Felsen, keine Steine. – Bal-Bes ist von der Richtung abgekommen, ist den falschen Weg gegangen. Bal-Bes weiß nicht mehr weiter. Zur Bogenhand? Zur Pfeilhand? Geradeaus, zwischen den Steinen durch? Er weiß es nicht. Bal-Bes hat sich verirrt.
Bal-Bes weiß nur, er muss bergan, höher. Irgendwo muss der Berg zu Ende sein, irgendwo muss es wieder bergab gehen, hinunter ins Land der Hohen Sonne. Oh, Sonne!

Os holt zum letzten Schlag aus. Holt aus zum Schlag, der töten soll. Os hat lange gewartet, jetzt will sie Beute, will fressen. Os lässt den Sturm los. – Oork, der Sturm, holt Schwung und stürzt sich von der Höhe herunter.
Der erste Stoß trifft Bal-Bes unerwartet. Bal-Bes wird umgerissen. Hilflos liegt er auf dem Rücken. Oork drückt Bal-Bes tief in den Schnee, häuft Schnee über ihn und trampelt jauchzend über Bal-Bes hinweg.
Oork singt. Manchmal mit hoher Stimme, wie ängstliche Schreie von Vögeln hoch in der Luft. Manchmal mit tiefer Stimme, wie das zornige Brummen des Bärs. Oork stößt lange, gellende Pfiffe aus, dann heult er wieder dumpf und gefährlich wie ein hungriger Wolf. Oork

singt laut, dann wieder leise. Manchmal brüllt er, manchmal flüstert er. Für kurze Augenblicke ist er ganz still. Dann heult er wieder los. Lauter als zuvor. Mühsam stemmt sich Bal-Bes hoch. Lehnt sich weit nach vorn, gegen den Sturm. So weit, dass Bal-Bes vornüberstürzen müsste, doch die Kraft Oorks hält ihn. Weit nach vorn gelehnt, schleppt sich Bal-Bes weiter. Oork will Bal-Bes die Decke entreißen, die Mütze vom Kopf fegen, die Kleider vom Leib ziehen. Bal-Bes hält Mütze und Decke fest. Hält an seinem Leben fest. Wickelt sich enger in die Decke, will Oork weniger Platz geben, die Decke zu fassen. Doch immer wieder gelingt es Oork, unter die Decke zu schlüpfen, sie aufzublähen, an ihr zu zerren.
Oork ist kalt. Os ist kalt. Beide zusammen bringen eisige Kälte, in der nichts Lebendes lange lebt. Schneeflocken werden zu Eisklumpen. Sie fallen nicht mehr, Oork schießt sie wie Pfeile gegen Bal-Bes. Eispfeile treffen Bal-Bes, schmerzen auf der Haut. Nasse Kleidung wird hart, gefriert zu Eis, friert an der Haut fest. Überall dringt die Kälte ein. Bal-Bes' Decke scheint hundert Löcher zu haben. Oork und Os bringen die Kälte, die tötet.
Zuerst tötet die Kälte den Schmerz. Bal-Bes fühlt keinen Schmerz mehr in Händen und Füßen. Fühlt Hände und Füße nicht mehr. Glaubt, keine Hände und Füße mehr zu haben. Glaubt, auf den Knien zu gehen. Bal-Bes sieht den Fuß, wenn er ihn aus dem Schnee zieht. Wenn der Fuß bis zum Knie im Schnee einsinkt, verschwindet der Fuß. Dann hat Bal-Bes keinen Fuß mehr. Bal-Bes gibt es nur vom Knie aufwärts. – Die Hände fühlen nicht mehr,

was sie halten. Bal-Bes hofft, dass sie die Decke halten, stark genug halten, dass Oork sie nicht fortträgt.
Bal-Bes wundert sich, dass er noch geht. Dass die Füße, die nicht mehr sind, seinen Körper weitertragen. Bal-Bes weiß nicht mehr, wohin er geht. Es kümmert ihn nicht. Manchmal vermeint Bal-Bes, den Schatten seines Verfolgers hinter sich zu sehen. Er kümmert sich nicht mehr darum. Kümmert sich nicht mehr um Acqtag. Bal-Bes kämpft nicht mehr gegen Menschen, kämpft gegen mächtigere Feinde: Sturm, Kälte, Os. Kämpft gegen sich selbst. Gegen die Müdigkeit, gegen den Wunsch, hinzufallen und zu schlafen. Er weiß, das wäre ein Schlaf für immer. Bal-Bes kämpft ums Überleben. – Auch in seinem Kopf kämpft Bal-Bes. Kämpft mit dem, was lang vergangen, doch immer noch in seinem Kopf ist:

. . . Wo hat Bal-Bes den Fehler gemacht? War es falsch, vom Krieg wegzulaufen? – Läuft Bal-Bes nicht weg, muss er weiter Krieg führen. Muss töten, muss Leid zufügen. Muss die Schreie der Sterbenden hören. Muss das Röcheln der Verwundeten hören. Muss brennende Hütten sehen, muss töten und dem Töten zusehen. Muss weinende Kinder auf verkohlten Leichen sitzen sehen. So lange, bis er stumpf wird und sich daran gewöhnt. So lange, bis er selbst Freude am Töten hat. – Schau sie an, die alten, erfahrenen Krieger: Wie sie Methe in sich hineinschütten, um betrunken zu werden, um nach dem Morden wieder lachen zu können. Schau sie an, wie sie prahlen, brüllen und grölen, um das Stöhnen der Verletzten nicht zu hören. Schau sie an, wie sie einander auf die Schultern klopfen, wie sie Gefangene prügeln, wie sie Frauen und Kinder schlagen, um Mitleid und Abscheu in ihnen selbst niederzuknüppeln. Schau sie an, wie sie mehr und mehr Freude am Quälen verspüren. – Bal-Bes will nicht werden wie sie, will kein erfahrener Krieger werden. Darum musste Bal-Bes weglaufen. Dafür wurde er bestraft. Dafür wurde er gelb bemalt, bekam Federn auf den Körper geklebt, wurde verspottet, geschlagen. Dafür wurden ihm die Ohrläppchen abgeschnitten, dafür wurde er von den Hütten seines Stammes verjagt. Seither muss Bal-Bes gehen ...

Und Bal-Bes geht noch immer. Geht durch graue Finsternis, geht gegen den Sturm, der den Tag zur Nacht gemacht hat. Geht gegen die Pfeile aus Eis. Stapft bis zu den Hüften im Schnee. Geht vorbei an Steinen, die still stehen.

... Still stehen ... Stehen bleiben ... Das ist es! Bal-Bes weiß jetzt: Er hätte nicht weglaufen dürfen. Nach der Schlacht, nach dem Töten. Hätte stehen bleiben müssen, hätte sprechen müssen. Nach dem Kampf, vor dem Kampf, noch bei den Hütten, bevor der Krieg begann. Hätte sprechen müssen, bevor das Töten weiterging. Hätte gegen den Krieg sprechen sollen. Vielleicht hätten andere gedacht wie er. Nicht viele, einige. Vielleicht einige Alte, die den Krieg beschlossen haben. Vielleicht hätte der Krieg verhindert werden können. Oder die Fortführung des Krieges. Vielleicht auch nicht. Wahrscheinlich hätte man Bal-Bes trotzdem verjagt, vom Stamm ausgestoßen. Aber die Menschen hätten gewusst, dass Bal-Bes nicht feige ist, sondern dass Bal-Bes den Krieg hasst. Einige hätten so gedacht wie er. Einige, vielleicht auch mehrere . . .

Bal-Bes weiß nicht, warum er noch geht. Warum er noch gehen kann. Er weiß: Lange kann er nicht mehr gehen. Oork, der Sturm, singt schon das Totenlied für Bal-Bes. Und Os leckt sich die Lippen. – So grau, so dunkel, so hoffnungslos ist es um Bal-Bes herum, dass Bal-Bes wieder Zuflucht in seinem Kopf sucht.

. . . Sucht. Seit Bal-Bes geht, sucht er. Er geht und sucht nach Hütten, in denen er bleiben kann. Die ihn aufnehmen und schützen, wo das Feuer warm ist. Wo die Menschen ihn mögen. Wo Bal-Bes bleiben kann. – Viele solcher Plätze hat Bal-Bes gefunden. Bal-Bes ist nicht geblieben, ist wieder weitergegangen.

Bal-Bes ist gegangen, weil er Dinge sah, die er nicht mochte, Bräuche, die er nicht verstehen konnte: Menschen, die ihre Kinder den Göttern opferten. Menschen, die ihre besiegten Feinde fraßen. Menschen, die andere Menschen als Vieh hielten, arbeiten ließen und sie als Tauschware benutzten. Ungerechte Häuptlinge, grausame Zauberer. Bal-Bes hat nichts dagegen gesagt, ist immer weitergegangen.

Wenn Bal-Bes anders dachte als die Menschen in den

Hütten, ist Bal-Bes weitergegangen. Ist von selbst gegangen. Hat nicht gewartet, bis sie ihn fortjagten. Bal-Bes hat Angst, weggejagt zu werden. – Feiger Vogel!, dröhnt es noch immer in seinem Kopf. Bal-Bes sieht sich noch immer mit gelbem Körper und Federn laufen, weglaufen. – Wenn Bal-Bes anders dachte als die Menschen in den Hütten, ist Bal-Bes nicht stehen geblieben und hat gesagt: »Wollt ihr das? Ich will es nicht!« Nie hat Bal-Bes es versucht. Ob andere auch so denken wie er? Bal-Bes weiß es nicht. Denn immer ist er weitergegangen . . . Noch immer geht Bal-Bes. Geht? – Nein. Bal-Bes taumelt, kriecht, schleppt sich weiter. Bal-Bes bewegt sich fort, trotz Schnee bis zu den Hüften, trotz Kälte, die ihn langsam tötet, trotz Sturm, der ihn umwirft, trotz Os, die mit der Zunge schnalzt. Trotz Hoffnungslosigkeit. – Vor Bal-Bes wird es lichter. Bal-Bes sieht die Höhe. Er sieht den Übergang über die Großen Berge, sieht die Stelle, von der es nicht höher hinaufgehen kann, die Stelle, von der es hinuntergeht, bergab, ins Land der Hohen Sonne.

Doch Bal-Bes geht nicht weiter. Das Ziel vor Augen, bleibt er stehen. Dreht sich um. Dreht dem Sturm den Rücken zu. Steht da und erwartet seinen Verfolger. Bal-Bes will nicht weitergehen. Vielleicht kann er nicht weitergehen. Er weiß, dass er sterben wird. Aber er wird das Gesicht der Gefahr zuwenden. Nicht den Rücken. Er wird sterben im Stehen. Nicht im Weglaufen. Einmal will Bal-Bes stehen bleiben. Endlich einmal nicht weggehen. Trotzen. Jetzt. – Bal-Bes erwartet Acqtag.

Bal-Bes wartet nicht lange. Bald taucht der verschwommene Schatten Acqtags auf. Kommt näher, wird größer, wird deutlicher. Langsam geht Acqtag. Kämpft gegen den Sturm wie Bal-Bes. Acqtag geht breitbeinig und sinkt nicht tief in den Schnee ein. Er trägt große Schuhe aus geflochtenen Zweigen, Schuhe für den Schnee. Mit ihnen kann Acqtag auf dem Schnee gehen. Darum erscheint Acqtag viel größer als Bal-Bes, der tief im Schnee steht. Der hölzerne Augenschutz in Acqtags Gesicht schützt vor Oork, schützt vor den Pfeilen aus Eis. Der Augenschlitz blickt auf Bal-Bes. Acqtag geht schneller. Bal-Bes glaubt, Acqtag lachen zu hören. Vielleicht ist es Oork, der lacht. Vielleicht Os. – Acqtag trägt dicke Fellschuhe an den Händen. Handschuhe. Mit beiden Fäusten hält Acqtag ein Beil. Bal-Bes' Beil. Das Beil aus Kupfer.

Einige Schritte vor Bal-Bes bleibt Acqtag stehen. Groß steht er vor Bal-Bes und blickt auf ihn hinunter. Bal-Bes ruft ihm zu:

»Ich bin nicht der Mörder Muirs!«

Bal-Bes hört seine eigenen Worte nicht. Oork, der Sturm, reißt ihm die Worte aus dem Mund, trägt sie irgendwohin. Auch Acqtag ruft etwas. Bal-Bes hört nichts. Hört nur Oorks Stimme. Oork überbrüllt alles. Bal-Bes hat keine Waffe. Acqtag hat das Beil. Bal-Bes wird den Kampf verlieren. Bal-Bes weiß es. Wie kann er gewinnen mit Beinen, die erst am Knie beginnen, mit Händen, die keine mehr sind. – Doch Bal-Bes wird kämpfen. Mit einer Hand wird er den Schlag des Beils abwehren. Die Hand wird den Schmerz nicht fühlen, denn Bal-Bes fühlt die

Hand nicht. Mit der anderen Hand wird er versuchen, das Beil zu fassen – wenn die Hand, die keine mehr ist, noch fassen kann. Der Kampf ist aussichtslos, doch Bal-Bes bleibt stehen.

Warum zögert Acqtag? Warum schlägt er nicht zu? Acqtag wartet und starrt durch den dunklen Schlitz, der seine Augen schützt. Warum wartet Acqtag? Plötzlich weiß Bal-Bes, warum. – Ein starker Arm umfasst von hinten Bal-Bes' Körper – presst ihm die Luft aus den Lungen. Bracs Stimme brüllt an seinem Ohr: »Fuchs, Fuchs, Fuchs, ich hab dich!«

Dann spürt Bal-Bes einen Schlag auf den Kopf. – Dann nichts mehr. Brac lässt Bal-Bes los, Bal-Bes gleitet zu Boden. Der Sturm weht Schnee über Bal-Bes' Körper.

Nacht

Bal-Bes weiß nicht, woher das Singen kommt. Von außen, von Oork, der um ihn herumtobt – oder von innen, vom Sturm in seinem Kopf. Bal-Bes hebt den Kopf. – Ohhhh! Der Kopf schmerzt. Es ist der Kopf, der singt. Oork singt auch, doch der Kopf singt lauter. – Bal-Bes schüttelt den Schnee vom Gesicht und blickt sich um. Er sieht seinen Körper nicht. Sein Körper ist vom Schnee bedeckt.

Acqtag und Brac sind einige Schritte entfernt neben ihm, beim Fels. Dort hat der Sturm viel Schnee hingeweht. Acqtag und Brac graben eine Höhle in den Schnee. Sie hacken mit dem Beil, schaufeln hastig mit den Händen. Es geht auch um ihr Leben. Niemand überlebt Oork, den Sturm, für lange Zeit, wenn er über Os hinwegbraust. Niemand überlebt die Kälte. Brac und Acqtag graben hinunter, hinein, höhlen den angewehten Schnee aus. Schnell arbeiten Beil und Hände. Ein kleines Loch bleibt als Einschlupf frei. Acqtag kriecht hinein, Brac schiebt ihre Tragkörbe nach.

Brac kommt auf Bal-Bes zu. Er fasst Bal-Bes' Bein, schleift Bal-Bes zur Höhle. Brac schiebt Bal-Bes durch den Einschlupf, Acqtag zieht von innen. Dann kriecht Brac selbst in die Höhle.
In der Höhle ist es wärmer. Oork kann nicht herein, kann die Kälte nicht hereinblasen. Die Höhle ist niedrig, nur zum Sitzen oder Hocken gemacht. Platz für drei Männer, wenn sie eng beieinander sitzen. Acqtag hat eine Strohmatte auf dem Boden ausgebreitet. Er streicht die Wände der Höhle glatt und stößt mit dem Beilgriff einige Löcher in die Decke. Für Luft, denn Brac verschließt den Eingang der Höhle mit Schnee. Brac bricht einen Stein aus der hinteren Höhlenwand. Er holt ein trockenes Stück Moos aus seinem Tragkorb, legt es auf den Stein. Mit zwei Feuersteinen schlägt er Funken. Funken springen auf das Moos, das Moos beginnt zu rauchen. Brac bläst vorsichtig in den glimmenden Zunder. Eine kleine Flamme schlägt hoch. Brac hält einen harzigen Holzspan über die Flamme. Der Span brennt. Brac legt weitere Späne dazu. Die Flammen werden größer, Rauch breitet sich aus, steigt hoch, zieht durch die Luftlöcher ab. Oork, der Sturm, saugt den Rauch aus der Höhle. Oork singt zornig mit rauchiger Stimme. – Brac holt mehr Holz aus dem Tragkorb. Er lehnt die Spitzen der Holzstücke ins Feuer. Die Flamme soll klein bleiben, soll wenig rauchen. Bal-Bes sitzt neben Acqtag auf dem Tragkorb. – Bal-Bes versteht alles nicht. Brac und Acqtag haben ihn verfolgt, um ihn zu töten. Warum töten sie ihn nicht? Warum lassen sie ihn nicht draußen liegen, damit die Kälte ihn tö-

tet, damit Os ihn frisst? Bal-Bes will sprechen, will fragen. Doch Brac gibt Bal-Bes das Zeichen, zu schweigen. Brac sagt mürrisch:
»Keine Zeit zum Sprechen. Nur Zeit, um am Leben zu bleiben. Hier – weg mit den nassen Kleidern!«
Er wirft Bal-Bes ein Bündel mit trockenen Kleidern zu. Brac und Acqtag haben schon begonnen, die nasse Kleidung zu wechseln. Bal-Bes sieht auf Acqtags Rücken das Narbenzeichen des Wolfs. Auf Bracs Haut schimmert blau das Zeichen des Bären. – Bal-Bes' Finger sind weiß und steif. Er kann sie nicht gebrauchen. Er kann sich nicht umziehen. Acqtag hilft ihm. Er zieht ihm die Schuhe von den Füßen. Sieht, dass Bal-Bes' Füße weiß, steif und leblos sind. Acqtag ist beunruhigt. Er sagt:
»Reiben! Du musst die Füße fest reiben. Musst Leben in die Füße reiben. Sonst sterben die Füße und du stirbst noch heute Nacht. Wir wollen nicht, dass du heute Nacht stirbst. Sollst erst morgen sterben. – Reiben! Fest reiben!«
Er gibt Bal-Bes ein Stück Fell. Bal-Bes reibt. Spürt nichts. Auch Brac und Acqtag kneten Teile ihres Körpers, die die Kälte weiß, gefühllos, tot gemacht hat. Nasenspitzen, Ohren, Finger, Zehen. Alle reiben, schrubben, walken, kneten. Auch Bal-Bes. Er spürt nichts. Spürt nur den Tod in den Füßen.
Brac hat zwei Steine zu beiden Seiten des Feuers aufgestellt. Er holt einen Topf aus dem Tragkorb, füllt ihn mit Schnee und stellt den Topf über das Feuer auf die beiden Steine. Der Schnee zischt. Schmilzt. Wenig Wasser bleibt. Brac füllt Schnee nach.

Bal-Bes reibt. Schrubbt mit dem Fell seine Füße. Knetet die Füße, schlägt die Füße. Fühlt leichten Schmerz in den Füßen. Der Schmerz wird stärker. Bal-Bes stöhnt. Will aufhören, seine Zehen zu kneten. Zu groß ist der Schmerz. Acqtag ruft:
»Weiter, weiter! Schmerz ist gut. Schmerz ist Leben. Schmerz bringt Leben zurück in die Füße. Weiterreiben! Weiter!«
Bal-Bes reibt weiter und stöhnt. Dann lässt der Schmerz langsam nach. Der Fuß bekommt Farbe, wird rot. Bal-Bes' Füße sind gerettet. Bal-Bes wird leben. Bis morgen.
Aus dem Wasser über dem Feuer steigt weißer Rauch. Das Wasser ist heiß. Brac schüttet getrocknete Blätter hinein. Wartet. Dann zieht er einen Handschuh über und hebt den Topf vom Feuer. Bläst. Trinkt. Gibt den Becher an Acqtag weiter. Auch Bal-Bes darf trinken. Ahhhh! Wärme! Rinnt durch den Körper, bis in die Zehen. Wärme füllt die Fingerspitzen. Wärme macht Bal-Bes fast glücklich, wenn nicht der Gedanke an morgen wäre.
Der Schnee an der Decke der Höhle beginnt zu schmelzen. Wasser rinnt an den geglätteten Wänden ab, rinnt auf den Boden. Acqtag zieht eine Rinne zwischen Wand und Boden und gräbt eine Vertiefung, in der das Schmelzwasser sich sammeln kann. Brac löscht das Feuer, lässt drei Späne brennen. Sagt:
»Gibt Licht. Gibt genug Wärme. Genug, um uns vor dem Erfrieren zu schützen.«
Draußen tobt Oork, zornig, dass Menschen noch leben.

Schüttet im Zorn mehr Schnee auf die Höhle, bläst mehr Eis darauf. Doch das macht die Höhle nur fester, schützt besser gegen die Kälte.
Brac gibt jedem ein Stück Fleisch. Acqtag bietet Schwarzdornbeeren an. Essen, kauen. Keiner spricht. Essen tut gut. Die drei Männer sitzen dicht nebeneinander auf den Tragkörben. Bal-Bes sitzt in der Mitte. Bal-Bes bewundert die Tragkörbe: Holzgestell, mit Leder umspannt. Leicht. Werden am Rücken getragen. Nicht wie Bal-Bes' Tasche mit einem Ledergurt, der nur auf einer Schulter liegt, eine Schulter immer schwerer macht. Die Tragkörbe verteilen das Gewicht auf beide Schultern. Schlagen nicht an die Hüfte beim Gehen. Wie viel Platz die Tragtaschen haben! Essen, Kochtopf, Feuerstein, Zunder, Späne, Holz, Decken, trockene Kleidung, Handschuhe, geflochtene Schneeschuhe, Strohmatten, Schutz für die Augen. – Brac und Acqtag haben schwer getragen, aber die Dinge helfen, um auf Os zu überleben. Jetzt dient der Tragkorb zum Sitzen, hilft, die Kälte des Bodens zu mildern.
Bal-Bes fühlt sich schwach und wohl zugleich. Fühlt sich sicher, wie unter Freunden. Freunde? – Freunde tun Gleiches. Die drei Männer sind eine Nacht und einen Tag gegangen, den gleichen langen, steilen Weg herauf, zur höchsten Stelle von Os. Die drei Männer haben gegen Os' Tücken gekämpft, gegen eisige Kälte, gegen Oork, den Sturm. Haben gegen die Müdigkeit gekämpft, gegen die Zeit, gegeneinander. Nun sitzen sie hier in der Höhle und essen wie Freunde. Doch Bal-Bes weiß: Er

sitzt zwischen Männern, die seinen Tod wollen. Morgen. Wenn Oork nicht mehr singt.
Nach dem Essen bindet Brac Bal-Bes' Hände zusammen. Dann legt er eine Lederschlinge um Bal-Bes' Hals. Hält das Ende des Riemens in den Händen. Kann jederzeit die Schlinge enger ziehen, kann Bal-Bes den Hals zuschnüren, falls er ausbrechen will.
Bal-Bes will nicht ausbrechen. Er denkt an die Kälte draußen, hört Oork toben. Nein, da hinaus will er nicht.

»Jetzt ist Zeit zum Sprechen«, sagt Brac. Brac kratzt sich am Kopf, holt tief Luft. Brac spricht nicht gerne, handelt lieber. Doch wenn er sprechen muss, spricht Brac. Laut, mit tiefer Stimme:
»Bevor du Muir getötet hast, hat Muir Bilder gesehen. Bilder von dem, was sein wird. Muir sah Os. Sah dich auf Os' Zunge. Sah, wie Os dich fraß. Und – Muir sah Beth, die Sonne, die rot aufstieg, als Os dich fraß. – Muirs Bilder sind wahr. Muir irrte sich nie, wenn sie Bilder sah von dem, was sein wird. – Niemand darf versuchen, die Bilder zu verändern. Niemand darf versuchen, die Bilder nicht wahr zu machen. Es gelingt nicht. Muirs Bilder sind stärker. Und es bringt Unglück für den, der es versucht. Bringt Unglück für den ganzen Stamm. – Du hast die Bilder Muirs Acqtag erzählt, in der Nacht, nachdem du bei Muir warst und sie getötet hast. Acqtag hat die Bilder Muirs dem Stamm erzählt. So wissen es alle. Die Tau-Tau wollen, dass du, Bal-Bes, von Os gefressen wirst, wenn Beth, die Sonne, rot aufgeht. Die Tau-Tau

wollen nicht, dass Muirs Bilder abgeändert werden. – So soll es sein. Acqtag und ich sind geschickt worden, um zu tun, was der Stamm will. – Jetzt singt Oork, der Sturm. Wir werden warten, bis Beth rot hinter den Großen Bergen aufsteigt. Dann werden wir dich töten. Os wird dich fressen. Beth, die Sonne, wird dabei zusehen.«
Brac schweigt. Acqtag nickt. Bal-Bes sagt nichts. Brac seufzt tief und schwer und schnaubt durch die Nase. Bracs Gesicht läuft rot an. Brac ist zornig. Brac ist zornig und traurig zugleich. Brac brüllt los:
»Buto, Beth und Steinbockdreck. Bal-Bes, du stinkender Schafsschwanz. Du bist dümmer als Bum-Bum. – Warum hast du Muir umgebracht? Was hat sie dir denn getan? – Ich mochte die alte Zauberin auch nicht. Aber bringe ich sie deswegen um? Soll sie zaubern, soll sie die Toten bewachen! Ich gehe auf die Jagd. Was schert mich Muir! Bal-Bes, du hast mehr Heu in deinem Kopf als in deinen Schuhen! Wir hätten Freunde sein können. Wir – Acqtag, du und ich. Wir hätten Steinböcke gejagt. Viele Steinböcke, Gämsen, vielleicht auch den großen Bären. Wir wären die berühmtesten Jäger der Großen Berge geworden. In jedem Stamm hätte man uns gekannt, jeder hätte gesagt: Das sind die drei großen Jäger der Großen Berge. – Aber nein. Nein, du musstest Muir töten und wir müssen dich töten. Os, Oork und Hammelhirn! Ich möchte dich nicht töten, Bal-Bes! Aber ich muss!«
Brac schleudert den Topf in seiner Hand zornig zu Boden. Der Topf zerspringt. Brac tritt nach den Scherben, die in alle Richtungen fliegen.

Brac hüllt sich tiefer in seine Felldecke, wendet sich ab und brummt vor sich hin. – Brac hat lange gesprochen. Nicht oft spricht Brac so lange. Jetzt wird er lange schweigen. – Stille. Ein harziger Span knistert. Draußen heult Oork.

In die Stille spricht Bal-Bes. Seine Stimme ist rau und belegt:

»Ich habe Muir nicht getötet. Glaubt mir doch! Ich war es nicht. Ich . . .«

Acqtag unterbricht ihn:

»Bal-Bes, ich möchte dir glauben. Aber ich kann nicht glauben, was nicht sein kann. Zu viel spricht gegen dich: Du hast die Zauberin zuletzt gesehen. Lebend. Sie hat dir gesagt, was sein wird. Dann hast du sie getötet. Dann bist du zurück zu den Hütten. Bum-Bum hat sie am nächsten Morgen gesehen. Schon tot. Bum-Bum hat böse Träume im Kopf, aber er lügt nicht. – Bal-Bes, du hast mir erzählt, dass die Zauberin ihren Tod vorausgesehen hat. Du hast gewusst, dass sie sterben kann, dass sie sterben wird. Du hast sie getötet, denn du hast gewusst, dass man sie töten kann. Alle Tau-Tau haben geglaubt, dass die Hüterin der Toten für immer lebt. – Viele von uns haben die große Zauberin gehasst. Keiner hat sie getötet. Viele Jahre haben wir gehasst, aber keiner hat getötet. Dann bist du gekommen und die Zauberin ist tot.

Und vor allem, Bal-Bes, du bist davongelaufen. Der Mörder, der Dieb, der, der Böses getan hat, läuft davon. Der nichts Böses getan hat, bleibt stehen und sagt: ›Ich habe nichts Böses getan.‹ – Du bist weggelaufen.« Bal-Bes möchte sprechen. Möchte sagen, wie das ist mit dem Weglaufen, möchte sagen, dass dem Fremden nicht geglaubt wird. Möchte viel mehr sagen. Acqtag lässt ihn nicht. Acqtag spricht weiter:

»Bal-Bes, du erinnerst dich. Ich habe gesagt: Ich hasse die Zauberin. – Ja, ich habe sie gehasst. Ich bin froh, dass sie tot ist. Doch niemand durfte sie töten. Der Mord an ihr muss gerächt werden. So haben es Tanist und die Alten beschlossen. Ihr Beschluss ist der Wille der Tau-Tau. Wir sind hier, um die Zauberin zu rächen. Wir sind hier, um dich zu töten. Auch ich möchte dich nicht töten. Doch auch ich muss. Ich folge dem Befehl. So ist es Brauch.«

Acqtag hat ruhig gesprochen. Leise, schnell und eindringlich. Manchmal haben seine Augen geflackert. Jetzt sitzt er ruhig da, hält die Augen geschlossen. Jetzt kann Bal-Bes sprechen.

»Ich bin fremd unter den Tau-Tau. Dem Fremden glaubt man nicht. Wenn der Fremde sagt: ›Ich habe nichts Böses getan‹, so lacht man und glaubt ihm nicht. – Darum bin ich weggelaufen. Zu viel spricht gegen mich. – Doch einiges spricht für mich: der Mann ohne Namen. Der Mann, der am Berg des warnenden Fingers lebt. Er wollte mich töten, wollte mich erwürgen. Er hatte seine Finger um meinen Hals, drückte fest zu und rief: ›Ich töte dich, wie . . . wie . . . ich . . .‹

Mehr hörte ich nicht. Vielleicht sagte er nicht mehr. Doch er wollte sagen, hat vielleicht gesagt: ›. . . wie ich Muir getötet habe.‹«

Für kurze Zeit denkt Acqtag nach. Sagt dann:

»Er hätte sagen können, hat vielleicht auch gesagt: ›... wie ich Muir gern töten wollte.‹ Ja. ›Ich töte dich, wie ich Muir gerne getötet hätte.‹ – Vielleicht hat er auch gesagt: ›Ich töte dich, wie ich die Ratte töte.‹ Den Fasan, die Schlange. Vieles ist möglich. – Vielleicht hat er gesagt: ›Ich töte dich, wie ich einen Mörder wie dich töten soll.‹«
Bal-Bes denkt nach. Acqtag hat Recht. Vieles könnte der Mann ohne Namen gesagt haben. – Doch so schnell gibt Bal-Bes nicht auf.
»Trotzdem. Er könnte gesagt haben: ›... wie ich Muir getötet habe.‹ – Er wollte mich erwürgen, er könnte Muir erwürgt haben. Er hasste Muir und glaubte nicht daran, dass sie für immer lebt.«
Acqtag kratzt sich am Kopf, sagt dann:
»Mag sein. Doch – er kann nicht zurück zu den Hütten. Er kann nicht über das Zeichen gehen, das die Zauberin in die Steinplatte gesetzt hat.«
Ärgerlich sagt Bal-Bes:
»Du, Acqtag, und du, Brac, und die anderen und ich selbst sind über das Zeichen gegangen. Es hat uns nicht aufgehalten. Es ist nur ein Zeichen im Stein. Keine Felswand, kein breiter, reißender Fluss. Man kann darüber steigen. Er kann es auch.«
Acqtags Augen flackern. Zornig sagt er:
»Es ist mehr als nur ein Zeichen im Stein. Es steckt ein Zauber darin. Die Hüterin der Toten hat den Zauber hineingetan. Der Zauber ist stärker als die steile Felswand, stärker als der reißende Fluss. Der, für den der Zauber gemacht ist, kann nicht darüber. Wir können es. Der

Mann, der nicht ist, kann es nicht. – Bal-Bes, du glaubst nicht an Zauber. Du glaubst nicht an das Zauberzeichen im Stein, du glaubst nicht an den Stein der Zauberin, der für immer leben lässt. Du glaubst auch nicht an den heiligen Kreis der Steine, dort, wo du auf den Hund geschossen hast. Dir ist nichts heilig. Nur einer, der nicht an Zauber glaubt, kann die Zauberin töten.«

Brac brummt ärgerlich:

»Der Mann ohne Namen ist schwach vor Hunger. Sein Bein ist schlecht. Der Weg vom Berg des warnenden Fingers zu unseren Hütten und wieder zurück ist weit. Ich glaube nicht, dass der Mann ohne Namen das geschafft hätte.«

Bal-Bes wird unsicher. Weiß nicht mehr, was er denken, was er glauben soll. Vielleicht ist der Mann ohne Namen wirklich nicht der Mörder. Wer dann? Bal-Bes weiß es nicht. – Noch einmal versucht Bal-Bes, die beiden zu überzeugen.

»Noch etwas spricht für mich: Menschen tun Dinge, weil sie Gründe dafür haben. Man trinkt, weil man Durst hat. Man läuft, weil man Angst hat. Man tötet Muir, weil ... Ich habe keinen Grund gehabt. Keinen Grund, Muir zu töten. Ich hasse sie nicht, sie hat mir nichts getan. Ich kenne sie kaum. Sagt mir einen Grund, warum ich Muir töten sollte. Nur einen Grund ...«

Acqtag lächelt mitleidig. Er schüttelt den Kopf. »Bal-Bes, so denkt nur ein böser Mensch. Ein Mensch, der nicht an die Götter glaubt. – Der Mensch tut nicht etwas, weil er Gründe hat. Er handelt, weil es ihm die Götter befehlen.

Die Götter führen seine Hand, seinen Fuß. Die Götter machen ihn handeln. Der Mensch ist das Werkzeug der Götter. Der Mensch tut nichts, ohne dass die Götter es wollen. Oft glaubt der Mensch Gründe zu haben, aber es ist der Wille der Götter, der ihn treibt. Es ist zwecklos, nach Gründen zu suchen, denn niemand versteht den Willen der Götter.«

»Dann bestraft doch die Götter, die Schuld an Muirs Tod haben!«, schreit Bal-Bes verzweifelt.

»Bal-Bes! Du ziehst den Zorn der Götter auf dich. Hast ihn schon auf dich gezogen. – Der Wille der Götter ist es, dass du auf Os sterben sollst. Darum zwangen dich die Götter, Muir zu töten. Nun führen sie mich und Brac, um ihren Plan zu Ende zu führen. Darum werden die Götter unsere Hände führen, wenn wir dich töten.«

Acqtags Augen leuchten und flackern, wie Feuer in dunklen Höhlen. Seine Wangen sind rot geworden. Acqtag ist aufgeregt. Seine Hände zittern. Nur langsam beruhigt er sich wieder. – Alle schweigen. Schmelzwasser tropft. Draußen singt Oork. Noch immer.

Die drei Männer sitzen eng beieinander. Es ist kalt. Nicht so kalt, um zu erfrieren. Nicht so warm, um bequem zu schlafen. Brac schnarcht leise. Acqtag murmelt im Schlaf. Bal-Bes schläft nicht. Er hört Bracs Schnarchen, Acqtags Murmeln. Hört Oorks Gesang, das Tropfen des Wassers, das Knistern der Flamme. – Bal-Bes hat das Gefühl für die Zeit verloren. Weiß nicht, wie lange sie hier schon sitzen. Es muss längst Nacht sein. Die Sonne stand

schon tief, als Bal-Bes sie zum letzten Mal sah, als die schwarzen Wolken sich vor die Sonne schoben.
Bal-Bes starrt auf die Scherben des zerbrochenen Topfes am Boden. Er zählt die Stücke, betrachtet die Bruchstellen. Stellt sich vor, wie die Stücke aneinander passen. Das hier passt zu dem. Jenes dort passt zu diesem hier. Nein, die zwei passen nicht zusammen. Drehen – so vielleicht? Nein, doch nicht. Mit den Augen versucht Bal-Bes den zerbrochenen Topf zusammenzubauen. Es gelingt nicht. Stücke fehlen. Ränder passen nicht zusammen. Zu diesen zwei Stücken passt ein drittes. Dieses passt nicht ... das passt ... das nicht ... – Nun ist auch Bal-Bes eingeschlafen.
Im Halbschlaf setzt Bal-Bes weiter die Scherben zusammen. Die Stücke finden nicht zueinander. Passen nicht. Teilweise kann er den Topf hochbauen, dann fällt das Erbaute wieder zusammen. Aus den Scherben werden Bilder. Bal-Bes setzt Bilder zusammen. Fügt Gedanken aneinander. Setzt zu Muirs Bild das Bild des Mannes ohne Namen. Legt den fehlenden Stein zu Bum-Bum. Legt neben Brac die Würgespuren an Muirs Hals. Nichts passt zusammen, immer wieder zerfällt der Topf. Bal-Bes legt alle Stücke nebeneinander auf: Muir, Bum-Bum, Brac, Acqtag, Tanist, Ambika ... Nichts passt, kein Bild passt zum andern.

Ein Stoß reißt Bal-Bes aus dem Halbschlaf. Acqtag stößt Bal-Bes in die Seite. – Schon Morgen? Schon Zeit zum Sterben? – Acqtag spricht leise:

»Bal-Bes, wach auf! Ich möchte dir etwas erzählen. Muss dir etwas erzählen. Damit du weißt. Hör zu!« Bal-Bes öffnet die Augen, blickt auf Acqtag. Acqtags Augenhöhlen sind dunkel. Kein Feuer flackert darin. Nur ein traurig matter Schein glimmt. – Brac grunzt, seufzt und schläft weiter. Acqtag beginnt:
»Du weißt, ich hasse die Zauberin. Du sollst wissen, warum. – Vor langer Zeit, ich war noch Kind, hatte ich eine Schwester. Meine Schwester war schön. Bal-Bes, du kannst dir nicht vorstellen, wie schön sie war. Niemand im Stamm der Tau-Tau hatte je ein schöneres Mädchen gesehen. – Ihre Haut war weiß. Nein, nicht weiß, durchsichtig. Durchsichtig, wie klares Wasser, in dem Schnee sich spiegelt. Hell die Augen, weiß das Haar. Zart, leicht wie eine Feder – und schön. Ach, so schön! Nie gab es ein schöneres Mädchen, nie wird es ein schöneres Mädchen geben. Alle Stämme der Großen Berge kannten es. Alle kamen, das Mädchen zu sehen. Nannten es ›das weiße Mädchen‹. Und das weiße Mädchen war meine Schwester.
Bis dahin wusste niemand, dass es weiße, durchsichtige Menschen gab. Niemand hatte je davon gehört. Von weißen Tieren wusste man, von weißen Menschen nicht.
Da kam Muir und nahm meine Schwester. Nahm sie fort mit sich. Sagte, sie wolle sie die Geheimnisse ihrer Kunst lehren. Wolle sie lehren, Zauberin zu sein. – Ich sah meine Schwester nie wieder. Niemand hat das weiße Mädchen wieder gesehen. Muir hat es getötet. Ich weiß es. Hat aus seinem weißen, durchsichtigen Leib Zauber ge-

macht. Bösen Zauber aus dem schönen Leib. – Oft war ich bei Muir und habe nach meiner Schwester gefragt. Aber Muir hat geschwiegen ... – Darum hasse ich Muir, hasse sie ...«

Acqtags Augen flackern wieder und erleuchten die dunklen Augenhöhlen. – Bal-Bes sagt nichts. Er möchte Acqtag von Ambika erzählen, der weißen Frau in Muirs Höhle, von Acqtags Schwester, der neuen Hüterin der Toten. Möchte Acqtag sagen, dass seine Schwester lebt. – Doch Bal-Bes sagt nichts. Er weiß nicht, warum. Er ist plötzlich so müde. – Alles schweigt in der dunklen Höhle aus Schnee.

Ganz dunkel ist es in der Höhle. Der letzte Span ist abgebrannt. Es ist kalt. Nur die Körper, die eng nebeneinander sitzen, wärmen. Die Luft ist schwer und dick. Schwer zu atmen. – Bal-Bes möchte hinaus aus dem finsteren Loch. Hinaus aus dem Loch, in dem er zu ersticken fürchtet. Bal-Bes glaubt, nicht länger zusammengekauert sitzen zu können. Er möchte hinaus, möchte frische Luft atmen, möchte den Körper strecken, möchte ihn bewegen. Möchte Licht sehen. Möchte, dass Beth, die Sonne, aufgeht. Möchte die Sonne sehen, obwohl er weiß, dass er dann sterben muss. – Noch dringt kein Licht durch die Luftlöcher. Noch ist es dunkel draußen. Oork, der Sturm, singt nur mehr ganz leise. Flüstert.

Bal-Bes kämpft gegen den Wunsch, aufzuspringen, den Ausgang aufzustoßen, ins Freie zu kriechen. – Die Schlinge um seinen Hals würde sich zusammenziehen, ihm die Luft nehmen. Brac und Acqtag würden ihn niederschlagen. Bal-Bes seufzt und bleibt sitzen. Bal-Bes' Augen suchen die Scherben am Boden der Höhle. Bal-Bes sieht sie nicht, sieht nicht die eigene Hand in der Finsternis. Doch in seinem Kopf fügt er die Teile zusammen, versucht, das Zerbrochene wieder ganz zu machen. Versucht, probiert, legt, baut. Halb schläft Bal-Bes, halb wacht er. Scherben, Bilder, Menschen, Erinnerungen, Gedanken fügen sich aneinander. Der Topf wächst. Das Bild von Muirs Tod wird klarer. Nur noch ein Stück fehlt. Wo ist es? Ein einziges, kleines Stück. Dann wäre alles ganz. Bal-Bes sucht. Sucht in seinem Kopf nach dem fehlenden Stück. Sucht. Findet es nicht. – Aus. Alles fällt zusammen. Der Topf, das Bild. Aus!

Bal-Bes erwacht. Öffnet die Augen. Die Scherben des Topfes liegen verstreut auf dem Boden. – Bal-Bes sieht Licht. Ist es schon Tag? Zeit, zu sterben? – Nein, durch die Luftlöcher kommt kein Licht.

Licht kommt aus Acqtags Händen. Acqtag hat die Hände wie zu einem Topf geformt, so, als ob er daraus trinken möchte. Er hält die Hände nahe ans Gesicht. Schwacher grünlicher Schein kommt aus den hohlen Händen Acqtags. Der Schein beleuchtet matt sein Gesicht. Beleuchtet grün das Kinn, die Unterlippe, die Nasenspitze, die Ränder der Augenhöhlen. Acqtag starrt in das grüne Licht.

Tief drinnen in Bal-Bes' Kopf blitzt plötzlich ein anderes Licht auf. Helles, warmes gelbes Licht. Das Licht im Kopf bescheint alles. Bal-Bes sieht das fehlende Stück. Es passt. Alles ist ganz! Der Topf ist ganz. Und in ihm ist die Wahrheit über Muirs Tod.

»Braaaaaaaaac!«, schreit Bal-Bes.

Brac fährt hoch. Die Schlaufe um Bal-Bes' Hals zieht sich fest, schnürt den Hals zu. Bal-Bes schnappt nach Luft. Bekommt keine Luft mehr. Zu eng der Hals. Kann gerade noch krächzen:

»Nicht . . . Brac! . . . Muss Wichtiges sagen . . . Luft!« Die Schlinge lockert sich. Bal-Bes bekommt wieder Luft. Hustet. – Brac sagt zornig:

»Hast du mich erschreckt! Dachte, du wolltest fortlaufen. – Was ist los?«

Bal-Bes keucht. Er will sich den Hals reiben, doch die Hände sind gebunden. – Das grüne Licht ist fort. Brac hat einen neuen Span entzündet. Im schwachen Schein der Flamme starren Brac und Acqtag auf Bal-Bes. Warten neugierig. Bal-Bes sagt:

»Ich will nicht fortlaufen. Ich muss Wichtiges sagen. – Brac, du hast starke Arme. Ich hoffe, du bist auch stark im Kopf. Zeig jetzt, wie stark dein Kopf ist! Streng deinen Kopf an! Hör gut zu und lass das, was ich sage, in deinen Kopf hinein!«

»Bei allen Gamsbartflohjägern! So sprich schon! Ich hör ja zu. Und mach dir keine Sorgen um die Stärke meines Kopfes! Los jetzt!«

Gereizt und ungeduldig trommelt Brac mit den Fingern auf den Knien. Acqtag lächelt. Bal-Bes beginnt: »Es ist nicht wahr, dass die Götter jede unserer Taten bestimmen. So viel Zeit haben sie nicht. So sehr kümmern sie

sich nicht um uns Menschen. Der Mensch allein bestimmt, was er tut und was er nicht tut. Und der Mensch hat Gründe dafür. Für jede Tat hat er einen Grund. Oder mehrere Gründe. Jede Tat zieht Folgen nach sich. Mehrere Folgen. Gründe – Tat – Folgen. So ist das. Nicht die Götter bestimmen unser Leben, der Mensch tut es. Ein Mensch begeht einen Mord. Das hat Gründe, das hat Folgen . . .«
Acqtag will Bal-Bes unterbrechen. Er blickt zornig und hat tiefe Falten auf der Stirne. Doch Brac sagt:
»Lass ihn weitersprechen!« Und zu Bal-Bes sagt er: »Davon verstehe ich nicht viel. Es kümmert mich nicht. Sprich endlich von dem, was wichtig ist!«
Bal-Bes holt tief Luft, spricht weiter.
»In der Nacht, nachdem ich bei Muir war, habe ich mit Acqtag gesprochen. Ich erzählte ihm davon. Sagte: ›Muir sah einen toten Mann auf Os.‹ Mehr nicht. Ich sagte nichts vom Sonnenaufgang. Sagte nicht, dass Muir die Sonne aufgehen sah, als Os den Mann fraß – noch fressen wird. Nur zwei Menschen wissen von der aufgehenden Sonne: Muir und ich. Woher weiß es Acqtag? Woher weiß Acqtag von der aufgehenden Sonne? Er, der es dem Stamm der Tau-Tau erzählte? – Von mir weiß er es nicht. Er kann es nur von Muir wissen. Acqtag war bei Muir, hat mit ihr gesprochen. Sie hat ihm erzählt von dem Mann auf dem Eis, der von Os gefressen wird, während Beth, die Sonne, zusieht. – Daher weiß es Acqtag. Und das bedeutet, dass ich nicht der Letzte war, der Muir lebend sah. Acqtag sah sie nach mir und sie war noch am

Leben. – Ich sage noch nicht, dass Acqtag die Zauberin getötet hat, ich sage nur, dass er bei ihr war. Nach mir.«
Acqtag sagt nichts. Lächelt. Aber seine Augen flackern.
Brac kratzt sich am Kopf. Fragt:
»Wann . . . wann soll Acqtag bei Muir gewesen sein?«
»In der Nacht. Nachdem er mit mir gesprochen hatte. Acqtag kennt den Weg. Er findet den Weg in der Nacht. Und Buto, der Mond, hat Acqtag gesehen. Aber Buto schweigt.«
Bal-Bes wendet sich an Acqtag.
»Acqtag, du willst den Willen der Götter erfüllen. Du willst, dass ich auf Os sterbe. – Muir hat nicht mich auf Os gesehen. Muir hat einen Mann gesehen. Hat nicht gesehen, wer es ist. Oder hat es nicht gesagt. Es kann irgendjemand sein. Brac, ich – aber auch du, Acqtag.«
Acqtag will sprechen. Aber Bal-Bes ist schneller.
»Lass mich weitersprechen. Ich bin noch nicht fertig. – Viele Jahre herrschte Muir über den Stamm der Tau-Tau. Sie bewachte die Toten, beriet die Lebenden. Sah, wusste und sprach. Jetzt spricht sie nicht mehr. – Ihr Mörder glaubt, sie könne nicht mehr sagen, wer sie erwürgt hat. Aber Muir kann. Niemand kann Muir töten, ohne dass Muir sich rächt. Muir kann sagen, wer sie getötet hat:
Die tote Zauberin hielt einen Knochen in den Fäusten. Einen Knochen, auf dem Bilder von Tieren eingeschnitzt waren. Sie hielt den Knochen so, dass ihre Fäuste alle Bilder verdeckten. Nur ein Bild blieb frei, ein Bild war zu sehen: das Bild des Wolfes. Erinnerst du dich, Brac? Erin-

nerst du dich, Acqtag? Erinnert ihr euch an das Bild des Wolfes?«

Brac nickt. Acqtag sagt nichts. Das Flackern in seinen Augen ist stärker geworden. Er lächelt nicht mehr, er starrt nur auf Bal-Bes. – Bal-Bes spricht weiter.

»Mit diesem Bild, das jeder sehen konnte, hat Muir gesprochen. Spricht noch immer. Spricht für jeden, der sehen kann. Muir sagt: ›Wolf.‹ – Wir alle haben eine Narbenzeichnung auf dem Rücken. Ich den großen Fisch mit dem langen Bart. Brac den Bären. Und Acqtag den Wolf. Ich habe das Zeichen gesehen, als Acqtag sich umzog. Acqtag hat den Wolf auf dem Rücken. – Muir wusste es. Muir wusste alles. Sie selbst hat das Zeichen in seinen Rücken geschnitten, sie selbst hat die blaue Farbe in die Schnitte gerieben. Das ist die Arbeit der Zauberer und Zauberinnen. So ist es Brauch bei allen Stämmen. – Alle Tau-Tau wissen, dass Acqtag den Wolf trägt. Darum zeigt uns Muir das Bild des Wolfes. Sie will sagen: Der Mann mit dem Zeichen des Wolfes ist mein Mörder. Rächt mich, tötet ihn . . .«

»Zufall!«, schreit Acqtag. »Nichts als Zufall. – Eine alte Frau im Todeskampf hat anderes zu tun, als Zeichen zu geben. Sie wehrt sich, schlägt um sich, hält sich verzweifelt und krampfhaft irgendwo fest. Zufällig ist es ein Knochen, zufällig ist das Bild des Wolfes zu sehen. Zufall!«

Acqtag hat laut geschrien. Bal-Bes schreit laut zurück: »Acqtag, sprich du nicht von Zufall! Du, der glaubt, nichts geschehe ohne den Willen der Götter. Acqtag, du glaubst, kein Finger, keine Zehe rühre sich, ohne dass die Götter es wollen. Und nun willst du sagen, zufällig hielt Muir den Knochen so, dass das Bild des Wolfes zu sehen war? Zufall? Du sprichst von Zufall? – Doch es ist gleich, ob die Götter oder Muir selbst uns das Bild des Wolfes gezeigt haben. Das Bild des Wolfes ist da. Aus einem bestimmten Grund. Nicht aus irgendeinem Zufall. Grund – Tat – Folgen. Mord führt zu Folgen. Mord hinterlässt Spuren. – Vielleicht wäre es bei irgendjemand anderem Zufall gewesen. Doch nicht bei Muir. Muir wusste. Muir wusste, was sie tat. Selbst im Augenblick ihres Todes.«

Schweigen. – Acqtag hat das Beil über seine Knie gelegt. Das Feuer in seinen Augen möchte Bal-Bes verbrennen. – Brac kratzt sich am Kopf und brummt: »Bal-Bes, ist das alles, was du zu sagen hast? Du hast mich noch nicht überzeugt.«

»Nein. Ich habe noch mehr zu sagen. Hör zu! – Muir hatte einen runden Stein mit roten Fransen am Hals hängen. Acqtag glaubt, der Stein hat Zauber, glaubt, der Stein lässt Menschen für immer leben. Der Stein hängt nicht mehr an Muirs Hals. Der Stein ist auch nicht neben Muirs Leiche gelegen. Der Stein ist weg. Muirs Mörder hat den Stein genommen. Acqtag hat den Stein. Acqtag braucht den Stein, denn er will nicht sterben. Er will für immer leben. Darum hat Acqtag den Stein genommen. – Er musste den Stein von Muirs Hals reißen, um töten zu können. Musste den Zauber, für immer leben zu können, von Muirs Hals entfernen. – Noch etwas kann dieser Stein. Der Mann ohne Namen hat es mir gesagt: Der

Stein kann im Dunkeln leuchten. – Ich kenne solche Steine. Sie leuchten grün. Zerstampft man sie zu Pulver und reibt andere Steine damit ein, so leuchten auch sie grün. – So einen Stein hatte Muir. Jetzt hat ihn Acqtag. Vorhin sah ich grünes Licht. Grünes Licht in Acqtags Händen. – Brac, durchsuche Acqtag und seine Sachen und du wirst den Stein finden. Schau nach!«

Acqtag hält das Beil in beiden Fäusten, hebt es drohend zur Abwehr. Schreit, seine Stimme ist laut und schrill. »Nein, Brac! Das darfst du nicht. Ich bin dein Freund. Ich habe Muirs Stein nicht. Ja, ich habe einen Stein, einen Glücksstein. Er gehört mir. Es ist nicht Muirs Stein. Viele Menschen haben einen Glücksstein. Du weißt, Glückssteine darf niemand sehen, sonst verlieren sie ihren Zauber. Brac, du darfst ihn nicht sehen. Nein, Brac, du bist doch mein Freund!«

Brac zögert. Kratzt sich wieder am Kopf. Lange. Hebt die Schultern und lässt sie wieder sinken. Legt unglückliche Falten in sein Gesicht. Hustet leicht. Seufzt schwer. Sagt zögernd und unentschlossen:

»Acqtag hat schon Recht. Glückssteine bringen Unglück, wenn andere sie sehen . . . aber . . .«

Zornig stampft Brac mit dem Fuß auf den Boden. Brüllt, dass Schnee von der Höhlendecke rieselt:

»Ich weiß nicht, was ich tun soll! Os fresse all die dreckigen, stinkenden Glücks- und Unglückssteine!« Brac schlägt mit der Faust in die Schneewand. Bis zum Handgelenk schlägt er die Faust hinein. Wieder rieselt Schnee von der Decke. Und wieder brüllt Brac:

»Ich weiß es nicht!«
Acqtag lächelt wieder. Er lächelt siegessicher.

Schwaches Licht dringt durch die Luftlöcher. Es muss Morgen sein. Bald wird Beth, die Sonne, aufgehen. Oork, der Sturm, singt nicht mehr. – Brac hat den Kopf in die Fäuste gestützt. Brac denkt. Murmelt dabei, seufzt, schimpft leise vor sich hin. Brac kommt zu keinem Entschluss, kann sich nicht entscheiden. – Acqtag blickt in die Ferne. Durch die Höhlenwand durch, hinaus auf Os. Acqtag lächelt. Starr und eisig. Wie Os. Bal-Bes hat noch einen Pfeil im Köcher. Der Pfeil ist ein Wort. Bal-Bes legt das Wort in den Bogen. Spannt den Bogen. Zielt auf Acqtag. Zielt lange und genau. Das Wort muss treffen. Es ist sein letzter Pfeil:
»Ambika!«
Nur dieses eine Wort sagt Bal-Bes. Laut und klar. Das Wort trifft. Wie ein Pfeil steckt es in Acqtags Fleisch. – Acqtag fährt herum. Starrt auf Bal-Bes. Die Augen weit offen. Flammen flackern in den Augen. Langsam, flüsternd fragt Acqtag:
»Woher kennst du den Namen meiner toten Schwester?«
Ganz langsam antwortet Bal-Bes. Jeder Satz treibt den Pfeil tiefer in Acqtags Fleisch.
»Ambika lebt. Ich habe sie in der Höhle Muirs gesehen. Sie ist die neue Hüterin der Toten. Sie hat gesehen, wie du Muir getötet hast.«
Das Flackern in Acqtags Augen wird stärker. In Acqtags Kopf scheint es zu brennen. Die Augen zeigen nur einen

kleinen Teil des wütenden Brandes. Acqtags Gesicht ist weiß.

Sein Kinn hängt herunter. Lange Zeit sagt sein Mund nichts. Dann spricht er. Wie von weit her kommt seine Stimme:

»Ambika . . . sie lebt . . . die Götter haben mich getäuscht . . . Ich musste meine Schwester nicht rächen . . . musste Muir nicht töten . . .«

Acqtag lehnt sich zurück, schließt die Augen, lässt die Hände sinken. Öffnet die Fäuste. Ein Stein gleitet aus der Hand und fällt zu Boden. – Der Stein der Zauberin. – Bal-Bes letzter Pfeil war entscheidend.

Brac macht eine Bewegung auf Acqtag zu. Will ihn fassen. – Acqtag erwacht wie aus einem bösen Traum. Acqtag ist schnell. Drohend hebt er das Beil, hebt Muirs Stein auf, kriecht auf den Höhlenausgang zu. Bleibt davor hocken, das Beil erhoben vor sich. Bereit zuzuschlagen, bereit zu töten, wer immer ihn angreifen sollte.

Bracs Größe ist von Nachteil in der kleinen Höhle. Seine Größe behindert ihn. Acqtag ist wendig und schnell. Acqtag erkennt seinen Vorteil. Acqtag lacht. Seine Stimme klingt wie die Stimme Bum-Bums. Hoch und irr.

»Ihr kriegt mich nicht . . . ich habe den Stein . . . Muirs Stein . . . ich werde für immer leben . . . ihr werdet sterben . . . ich werde leben für immer . . . Nein, ihr kriegt mich nicht . . .«

Mit dem Schaft des Beils durchstößt Acqtag die Schneewand, die den Ausgang verschließt. Kriecht hindurch. Ist weg.

Fahles Licht kommt durch die Öffnung. Kalte, frische Luft strömt herein. Acqtags wilde Schreie sind durch die Öffnung zu hören. Die Schreie entfernen sich, werden leiser und leiser. Dann ist es still.

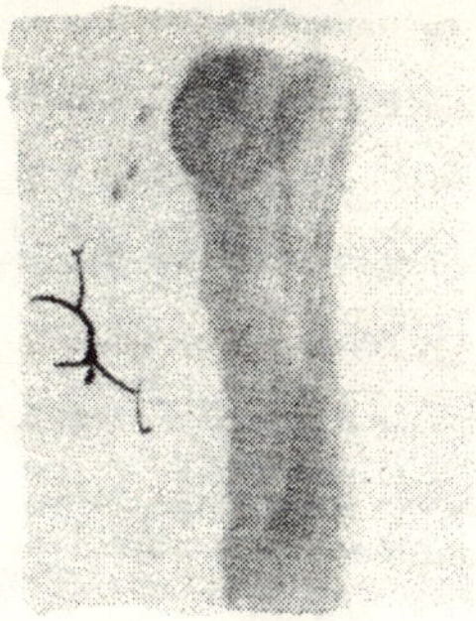

Tod

Brac will hinaus. Will Acqtag nachlaufen, ihn fangen. Brac drückt sich durch den Ausgang. Bal-Bes schreit ihm nach:
»Brac, meine Fesseln!«
Brac kriecht zurück und löst die Lederriemen an Bal-Bes' Hals und seinen Handgelenken. Hinaus jetzt! Hinter Brac schiebt sich Bal-Bes ins Freie. – Ahhhhh! Licht, frische, kalte Luft! – Tiefer Schnee überall. Auf Os, auf den Felsen, auf den steilsten Bergspitzen. Überall Weiß. Überall weich. Keine scharfen Kanten, keine Spitzen mehr. Überall Stille. Tiefer Schnee macht die Landschaft still. Schnee verschluckt alles Laute. – Nur noch leise sind Acqtags Schreie aus der Ferne zu hören.
Acqtag läuft auf Os' Zunge bergab. Läuft in wilden, weiten Sprüngen. Läuft durch tiefen Schnee. Feiner Schnee wirbelt hoch. Schnee schäumt hoch wie Wellen, wenn Füße durch Wasser laufen. Acqtag läuft in einer durchsichtigen Schneewolke. – Acqtag schlägt mit dem Beil

um sich. Wild schwingt er das Beil zur Bogenhand, lässt es zur Pfeilhand sausen. Haut nach vorn, schlägt nach hinten. Schlägt rund um sich. Tobt. Schlägt auf Feinde ein, die Bal-Bes und Brac nicht sehen können. Nur Acqtag sieht sie. Es müssen viele Feinde sein. Immer wieder schlägt Acqtag sie nieder, spaltet ihnen die Schädel, schlitzt tiefe Wunden in ihre Leiber. Immer wieder stehen sie auf, immer wieder kommen neue dazu. Acqtag rennt und schlägt und kämpft. Immer wieder brüllt er seine Feinde an, schreit ihnen ins Gesicht.
». . . kriegt mich nicht . . . Stein von Muir . . . immer leben . . . immer . . . immer . . . nie sterben . . . nie . . . nie . . . nie . . .«
Brac und Bal-Bes folgen Acqtag. Folgen der weißen Wolke, in der Acqtag wütet. Sie laufen, sie rufen Acqtag zu, stehen zu bleiben. Doch Acqtag hört nichts und läuft. Er hört nur Waffengeklirr und den Schlachtruf seiner Feinde. Acqtag läuft und springt und kämpft und schreit.
Plötzlich bleibt Acqtag stehen. Er steht vor einer Stufe auf Os' Zunge. Steil und tief geht es vor ihm hinunter. Gehetzt blickt er um sich. – Bal-Bes und Brac sind stehen geblieben. Acqtag scheint die beiden nicht zu sehen. Er sieht nur Feinde, die sonst niemand sieht, die ihn einkreisen und näher rücken.
Beth, die Sonne, kommt hinter den Bergen hervor. Langsam, Stück für Stück, schiebt sich die rote Scheibe hoch. Gleichgültig und unaufhaltsam steigt sie höher und höher. Jetzt steht die ganze Scheibe am Himmel. Groß und rot. Rot bescheint sie den Schnee auf Os' Zunge. Rot be-

scheint sie die drei kleinen Punkte im Schnee, die Menschen sind.
Weit holt Acqtag mit dem Beil aus. Hält es in beiden Händen. Weit holt er seitlich aus und verdreht den Körper. Steht da, als wolle er dem Feind den Kopf vom Körper schlagen. Schreit den Feind an. Keucht weiße Wolken in die kalte Luft. Seine Stimme überschlägt sich:
». . . kriegt mich nicht . . . wenn ihr schon lange nicht mehr seid . . . werde ich . . . noch immer sein . . . immer sein . . .«
Dann schlägt Acqtag zu. Mit aller Kraft. Das Beil saust durch die Luft. Schneidet durch die Scheibe der Sonne, durch sie hindurch und saust weiter. Die Hände halten das Beil. Sausen mit, drehen sich mit. Das Beil will weitersausen, will einen Kreis aus der Luft schneiden. Hat zu viel Kraft, hat zu viel Schwung. Der Schwung des Beils dreht den Körper mit. Die Füße drehen sich, verlieren den Halt, rutschen. Acqtag fällt. Schnee spritzt hoch. Acqtag verschwindet hinter der Kante. Acqtag stürzt in den Abgrund.
Os hat ihr Opfer.

Bal-Bes und Brac sehen Acqtag nicht mehr. Sie sehen Beth, die Sonne, die knapp über den Bergen steht. Rot und rund. Beth sieht alles, hat alles gesehen. Beth macht die Landschaft rot und ihre Schatten blau. Bal-Bes und Brac sehen Acqtags Spuren, die zum Abgrund führen. Sie ziehen eine neue Spur. Sie stapfen seitlich am Abgrund vorbei, hinunter, wo Acqtag liegen muss. Acqtag

liegt neben Steinen, die aus dem Schnee heraussehen. Acqtag liegt auf dem Bauch. Weich und tief liegt er in den Schnee gebettet. Ein Arm streckt sich unter dem Körper zur Seite. Vom Schwung des Beils zur Seite gerissen. Das Beil liegt neben Acqtag. Der Stein Muirs steckt in seiner Faust. Acqtag rührt sich nicht mehr. Bal-Bes hebt Acqtags Kopf und blickt in seine Augen. Sie blicken starr nirgendwohin. Sie flackern nicht mehr. Sie werden nie mehr flackern. Acqtag ist tot.
Brac geht, um die Sachen des Toten aus der Schneehöhle zu holen. – Bal-Bes zieht Acqtags Körper näher zu den Steinen, drückt ihn in eine Felsspalte. Lange blickt Bal-Bes auf den toten Acqtag. Er hat den lebenden Acqtag nicht gehasst, er hasst noch weniger den toten. Bal-Bes fühlt Trauer und Grauen. Bal-Bes weiß: Nicht viel hätte gefehlt und er wäre hier an Acqtags Stelle gelegen.
Brac kommt zurück. Er legt Bogen und Pfeile und ein Steinmesser neben den Toten. Stellt den Tragkorb dazu. Darin sind Feuersteine, Zunder und eine Schachtel aus Birkenrinde. Brac nimmt das Beil aus Kupfer und gibt es Bal-Bes.
»Nimm, es gehört dir!«
Bal-Bes wiegt das Beil in seiner Hand. Zögert. Dann legt er es zu Acqtags Sachen und sagt:
»Acqtag soll es behalten. Vielleicht braucht er es. Ich will es nicht mehr.«
Brac löst den Zauberstein aus Acqtags Faust. Blickt lange auf den Stein. Blickt dann fragend zu Bal-Bes. Bal-Bes

schaut auf den Stein, schaut auf Acqtag und nickt dann. Brac schiebt den Stein wieder in die Hand des Toten und brummt:
»Wenn wir längst nicht mehr sind, wird Acqtags Körper noch sein. Muir hat es gesehen. Os' Kälte wird dafür sorgen. Muirs Stein . . . er verspricht langes Sein.« Brac deckt den Toten mit einer Strohmatte zu. Dann breitet er das Schaffell darüber. Acqtags Augenschutz und die geflochtenen Schneeschuhe gibt er Bal-Bes. »Die brauchst du für den Weg zurück zu den Hütten.« Dann suchen Brac und Bal-Bes im tiefen Schnee nach Steinen. Schleppen die Steine zur Felsritze, in der Acqtag liegt. Mit den Steinen verschließen sie den Felsspalt.
Brac setzt sich auf einen Stein, blickt in die Sonne und sagt lange nichts. Dann beginnt er den Totengesang. – Mit tiefer und lauter Stimme singt Brac. Er singt von den Göttern, von Acqtag, von den Lebenden. Er bittet die Götter, dass Acqtags Geist den Lebenden kein Unheil bringe. Er bittet um Frieden zwischen den Toten und den Lebenden. – Tränen rinnen über Bracs Wangen. Als Brac das Totenlied beendet hat, sagt er zu Bal-Bes:
»Er hat uns alle aufs Eis geführt. Dich, mich, den Stamm der Tau-Tau. Nun ist er selbst darauf ausgerutscht.«
In einem Ledersack hat Brac noch Beeren vom Schwarzdorn. Brac und Bal-Bes essen. Mit jedem Bissen wird der Stein, der im Hals steckt, kleiner. Mit dem Essen wird die Trauer hinuntergeschluckt. – Eine Beere bleibt im Lederbeutel. Brac hebt einen Stein von Acqtags Grab

und legt Beutel und Beere hinein. Dann verschließt er es wieder.
Brac geht, um seine Sachen aus der Schneehöhle zu holen.
Bal-Bes sieht zu seinen Füßen im Schnee ein kleines Stück Holz. Bal-Bes hebt es auf. Es ist rund, ein kleines Stück von einem Zweig. Ein Ende ist zugespitzt, das andere stumpf. Acqtag hat es geschnitzt – für das Spiel am großen Platz vor der Häuptlingshütte. Damals am Morgen, bevor Bal-Bes zum zweiten Mal zu Muirs Höhle ging. – Bal-Bes schiebt das Holz durch einen Spalt zwischen den Steinen in Acqtags Grab.
Leise sagt Bal-Bes:
»Tot, Wolf, tot!«
Dann folgt er Bracs Spuren.
Die Tasche ist gepackt. Den Tragkorb am Rücken, die Schneeschuhe an den Füßen, stehen Bal-Bes und Brac vor der Schneehöhle. Schrecklich war die Nacht, die Bal-Bes gefesselt und voll Angst in ihr verbracht hat, Angst vor dem Tod bei Sonnenaufgang. Doch nun ist alles vorbei. Bal-Bes ist wieder frei, kann gehen, wohin er will.
Bal-Bes schaut zur Höhe. Nicht weit entfernt, nach wenigen Schritten, geht es bergab, hinunter ins Land der Hohen Sonne. – Bal-Bes schaut zu Brac. Brac ist bereit zu gehen, zurückzugehen, den langen Weg zu den Hütten. – Bal-Bes muss entscheiden: Weitergehen oder bleiben. Muss entscheiden zwischen dem Land der Hohen Sonne und den Hütten der Tau-Tau. – Nur kurze Zeit zögert

Bal-Bes. Schon gestern im Schneesturm hat er sich entschieden: Bleiben. – Bal-Bes geht auf Brac zu und sagt:
»Los, gehen wir zurück. Zurück zu den Hütten. Ich rieche schon Steinbockbraten.«
Brac lacht und brummt:
»Ja, gehen wir! Stein-aus-dem-Ohr ist schon beim Kochen. Sie wird sich freuen.«
Dann donnert Bracs Hand auf Bal-Bes' Schulter. Trotz der Schneeschuhe sinkt Bal-Bes tiefer in den Schnee. Brac lacht. Bal-Bes lacht auch. Der Schmerz in der Schulter macht ihn froh. Bal-Bes freut sich aufs Bleiben.

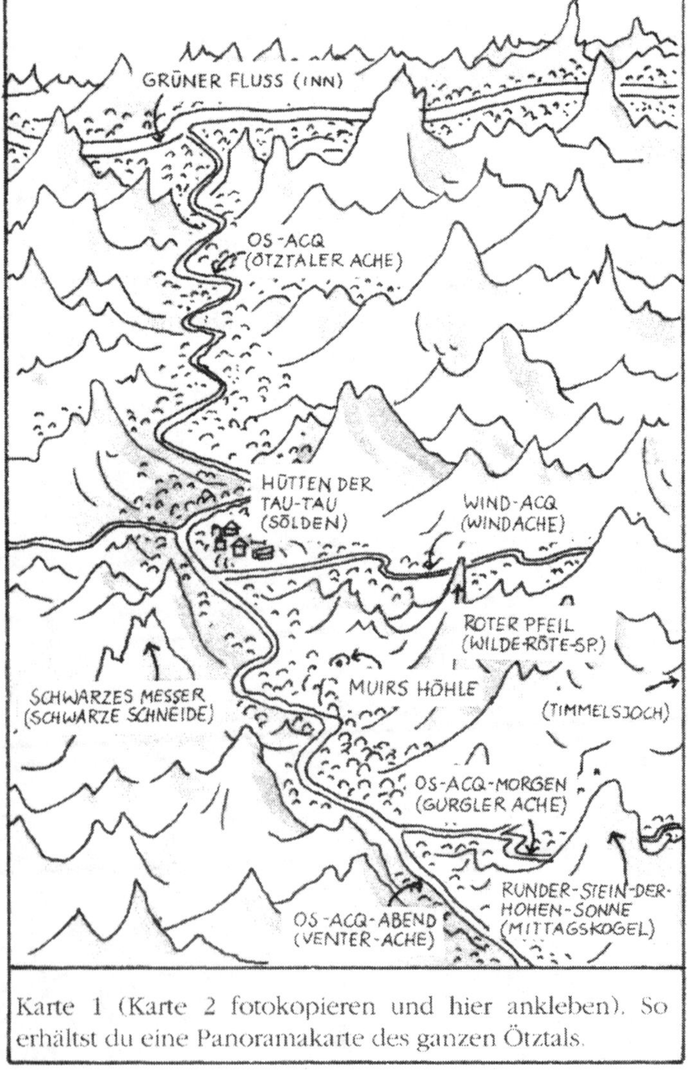

Karte 1 (Karte 2 fotokopieren und hier ankleben). So erhältst du eine Panoramakarte des ganzen Ötztals.

Karte 2: Die Wörter in Klammern sind die heutigen Bezeichnungen.

Anhang

ABFAHRTEN AUF SCHNEEFELDERN
Die Methode, mit Schuhen oder Firngleitern über Schneefelder abzufahren, wird auch heute von Bergsteigern gern benutzt, da sie Kraft und Zeit spart. Doch sie ist gefährlich, wie Bal-Bes auf Seite 42 erfahren musste. Selbst der geübte Bergsteiger verwendet dazu einen Pickel zur Sicherung und unterlässt Abfahrten, wenn dunkle Stellen im Schnee sichtbar sind (Eis oder Fels unter der Schneedecke!).

ALPENÜBERGÄNGE
Neben dem Brenner, dem niedrigsten Übergang über die Alpen, wird in dieser Geschichte auf Seite 20 auch der Pass erwähnt, der von Sölden zwischen den Stubaier und den Ötztaler Alpen nach Italien führt. Er heißt heute Timmelsjoch, 2.497 m (siehe Karte 1).

BÄRLAUCH (Allium ursinum)
Diese nach Knoblauch schmeckende Pflanze wird auf Seite 23 genossen.

BEGRÜSSUNG
Das erste Aufeinandertreffen zwischen Bal-Bes und Acqtag auf Seite 11 ist ein bisschen steif und förmlich. Bei noch lebenden Naturvölkern (und sicherlich auch vor 5.000 Jahren) sind Begegnungen mit Fremden keine leichte Ange-

legenheit. Wie leicht kann sich bei der Angst und Vorsicht, bei dem gegenseitigen Misstrauen, mit dem man einander begegnet, ein Pfeil vom Bogen lösen oder ein anderes ungewolltes Unglück passieren. Menschen haben daher Begrüßungszeremonien entwickelt, die meist aus Gebärden bestehen und die verhindern sollen, dass es bei der ersten Begegnung zu einem Missverständnis kommt. Diese Gebärden sollen ausdrücken, dass man in friedlicher Absicht kommt, dass man unbewaffnet ist und dem anderen vertraut. Unsere heutigen Grußgesten wie Händeschütteln (= ich habe keine Waffe in der Hand), den Hut ziehen (= ich nehme meinen Helm ab und vertraue, dass du mir nicht den Schädel einschlägst) und die Verbeugung und der Knicks (= ich mache mich kleiner, ich unterwerfe mich dir) sind noch Überreste alter Grußrituale.

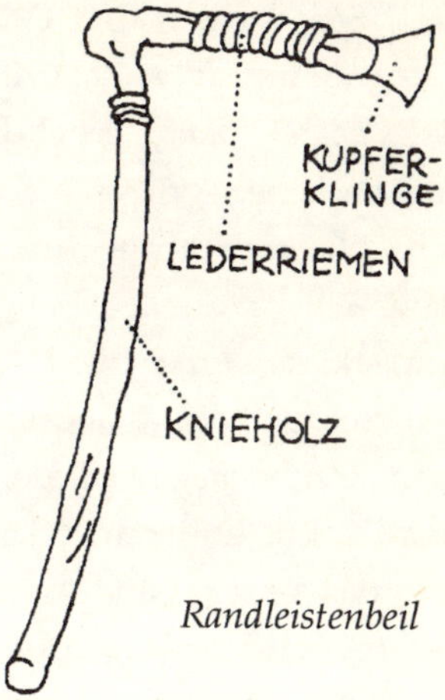

Randleistenbeil

BEIL

Das Beil, das beim 5.000 Jahre alten Toten vom Hauslabjoch gefunden wurde, bezeichnen die Archäologen als Randleistenbeil. Die Klinge hat vorstehende Ränder, die ihr im Holzschaft besseren Halt geben.

BERG DES WARNENDEN FINGERS = Feldkögele, 2.018 m (siehe Karte 2).

BERGBAU

Die Bergmänner vor 5.000 Jahren suchten nach Kupfer,

Salz, Feuersteinen und Gold. Nicht nur im Tagbau schürften sie nach den begehrten Steinen, sie gruben auch Schächte und Stollen in den Berg.
Kupferkies wurde durch die Feuersetzmethode abgebaut. Man entzündete große Feuer in den Stollen. Dadurch lockerte sich das Gestein und konnte leicht herausgeschlagen werden. Jungsteinzeitliche Kupferbergwerke wurden in Tirol und Salzburg entdeckt.

BITTERWURZ = Gelber Enzian (Gentiana lutea)

Gelber Enzian

Die Wurzeln werden bei Darm- und Magenkrankheiten verwendet. Bestandteil der Suppe auf Seite 91.

BOGENHAND = links.

BRENTHAL-BETH = Brenner
Der Brenner (1.371 m) ist in diesem Teil der Alpen der niedrigste Übergang und auch heute noch die wichtigste Verbindung nach Italien.

DAU-KALL = Donau.

DER GLETSCHERTOTE VOM HAUSLABJOCH (auch Ötzi, Schnalsi, Homo similaunensis, Urtiroler, Frozen Fritz . . .)
Im Herbst 1991 wurde in den Ötztaler Alpen in Tirol, in der Nähe des Hauslabjochs, in 3.200 m Höhe ein Toter gefunden. Zuerst dachte man sich nicht viel dabei. Gletschertote findet man immer wieder in den Alpen. Es sind gewöhnlich Bergsteiger, die rund ein halbes Jahrhundert zuvor am Gletscher verunglückten und

die das Eis erst jetzt freigibt. Als man aber die Gegenstände, die beim Toten gefunden wurden, wissenschaftlich untersuchte, wurde der Fund zur Weltsensation: Der Mann vom Hauslabjoch war rund 5.000 Jahre alt! Er ist somit der älteste vollständig erhaltene Tote. Das Gletschereis bewahrte durch die Jahrtausende den Körper vor dem Zerfall, eine Felsrinne verhinderte, dass die Leiche vom Gletscher ins Tal getragen wurde.

Für die Wissenschaft bedeutete dieser Fund jahrelange Forschungsarbeit, die uns viele neue und wertvolle Erkenntnisse über das Leben der Menschen in der Jungsteinzeit lieferte.

DIE WELT VOR 5.000 JAHREN

Auf den Seiten 26 und 27 erzählt Bal-Bes, was er von der Welt gesehen hat. Vieles in seinen Erzählungen klingt verworren und fantastisch, doch es steckt auch ein Körnchen Wahrheit darin:

Bei dem schwimmenden Land aus Kupfer könnte es sich um die Insel Zypern handeln, die schon damals wegen ihrer Kupferlagerstätten berühmt war. Menschen mit Stierköpfen gab es zwar nie, doch waren zu dieser Zeit auf der Insel Kreta Stiere ein wichtiger Bestandteil der Religion.

Die glatten, spitzen Berge aus behauenen Steinen müssen Pyramiden sein; Menschen mit Vogelköpfen, Katzen mit Menschenköpfen sind altägyptische Gottheiten und bei den Tieren mit den meterlangen Nasen kann es sich nur um Elefanten handeln. Übrigens: Aufschneider gab es auch schon vor 5.000 Jahren . . .

ERFRIERUNGEN

Freilich gab es in der Steinzeit kein fundiertes medizinisches Wissen. Aber als Überlebenskünstler waren uns die damaligen Menschen sicherlich überlegen.

Wie sich Acqtag, Brac und Bal-Bes auf den Seiten 152 und 153 vor dem Erfrierungstod schützen, entspricht den heutigen Erkenntnissen:

- nasse Kleidung ausziehen
- heißen Tee trinken
- Massage der abgekühlten Körperteile

FELSZEICHNUNGEN

So ähnlich dürfte das magische Zeichen im Fels ausgesehen haben, das Bal-Bes auf Seite 88 entdeckt, ehe er zum Berg des Warnenden Fingers kommt. In vielen Höhlen in den Alpen findet man steinzeitliche Felszeichnungen; ihre Bedeutung können wir nur mehr erahnen.

Felszeichnung, Tirol

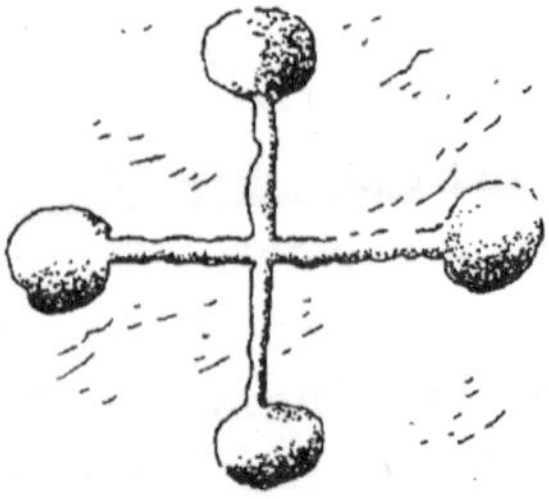

FEUER

Beim Toten vom Hauslabjoch fand man in einem Lederetui einen Stein mit Holzgriff zum Funkenschlagen und trockene Schwämme als Zunder: ein steinzeitliches Feuerzeug.

FEUERBOCK

Über zwei solcher Feuerböcke wurde beim Festmahl auf Seite 22 eine Steinplatte gelegt. In die Löcher über den Füßen steckte man vermutlich Bratspieße.

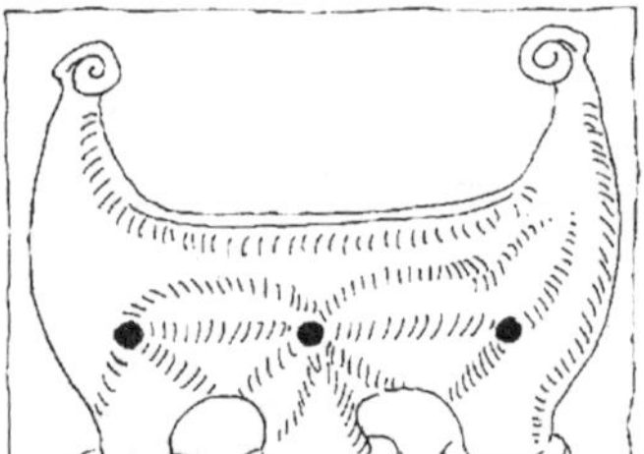

FUCHS-SPIEL

Das Spiel, das Bal-Bes auf den Seiten 54 und 55 mit dem kleinen Mädchen spielt, ist ein Vorläufer unseres Mühle-Spiels. Diese steinzeitliche

Felszeichnung wurde in Südtirol gefunden.

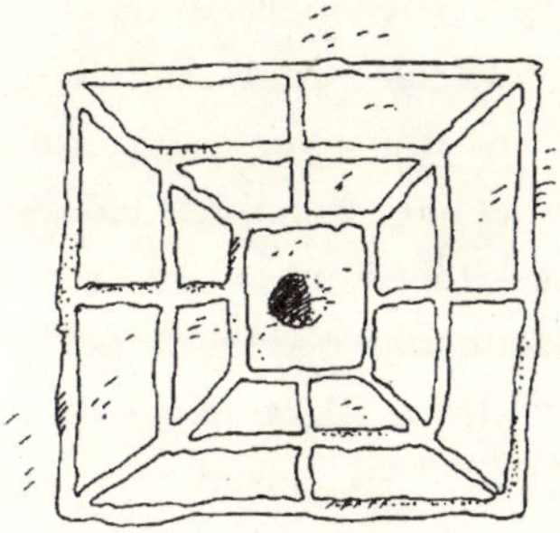

GASTFREUNDSCHAFT

In entlegenen Gegenden, die noch nicht für den Fremdenverkehr erschlossen sind, spielt die Gastfreundschaft auch heute eine wichtige Rolle. Noch wichtiger war die Gastfreundschaft vor 5.000 Jahren. Nur sie ermöglichte Reisen und somit Handel und Tauschgeschäfte. Der Gastgeber verpflichtete sich, seinen Gast zu speisen, ihm Unterkunft zu gewähren und ihn gegen alle Gefahren zu schützen. Für den Gast war es selbstverständlich, die Sitten und Gebräuche des gastgebenden Stammes einzuhalten. Auf Seite 22 wird Bal-Bes mit Wasser, Salz und Brot die Gastfreundschaft feierlich gewährt. Geschenke besiegeln den Pakt.

GLETSCHER (siehe auch Os)

In Höhen über 3.000 m fällt Niederschlag nur in Form von Schnee. Durch großen Druck verdichten sich die Schneemassen zu Eis, das in Gletscherzungen zu Tal wandert. Die Geschwindigkeit der Alpengletscher beträgt etwa 30 bis 180 m im Jahr. Gletscher führen Steine mit sich, die sie an den Seiten (Seiten- und Ufermoränen) und am Ende (End- oder Stirnmoränen) ablagern. Endmoränen stauen das Schmelzwasser, das durch das Gletschertor abfließt. So entstehen Gletscherseen.

Auf Seite 100 steht Bal-Bes vor einem Gletschersee und wandert auf einer Ufermoräne weiter. Die Felsen an den Seiten des Gletschers strahlen Wärme ab, die das Eis zum Schmelzen bringt. Es entsteht eine Randkluft, die Bal-Bes auf

Seite 103 daran hindert, den Gletscher wieder zu verlassen. Der Gletscher, über den Bal-Bes wandert, nennen wir heute Niederjochferner – ein Zwerg im Vergleich zum Gepatschferner, dem größten Gletscher der Ötztaler Alpen. Dieser Riese hat eine Fläche von 18 km und eine Länge von 10 km. Die Dicke der Alpengletscher beträgt zwischen 300 und 800 m.

GLETSCHERBRUCH

Die Eiswand, die sich Bal-Bes auf Seite 116 in den

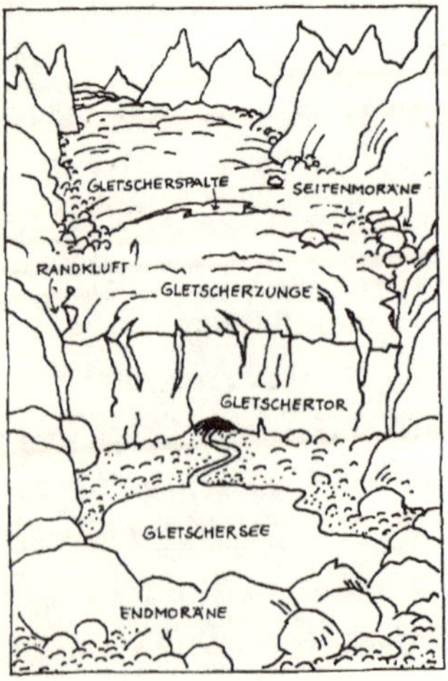

Längsschnitt durch einen Gletscher

Weg stellt, nennt man Gletscherbruch. Er entsteht, wenn der Fels unter dem Gletscher senkrecht abfällt. Es ist eine wahre Meisterleistung Bal-Bes', dieses Hindernis überwunden zu haben, wenn man bedenkt, dass der moderne Bergsteiger dazu Pickel, Steigeisen, Eishammer, Eishaken und Seil benötigt.

GLETSCHERSPALTE

Dort, wo der felsige Untergrund des Gletschers ein steiles Gefälle hat, wird das Eis brüchig und springt. Es entstehen die gefürchteten Gletscherspalten. Sie können bis zu 100 m tief sein und haben schon manchen Bergsteiger das Leben gekostet. Man sollte daher Gletscherbegehungen immer in Seilmannschaften zu dritt durchführen, um den Sturz in eine Spalte mit dem Seil abfangen zu können. Bergsteiger unterscheiden zwischen A- und V-Spalten. A-Spalten erwei-

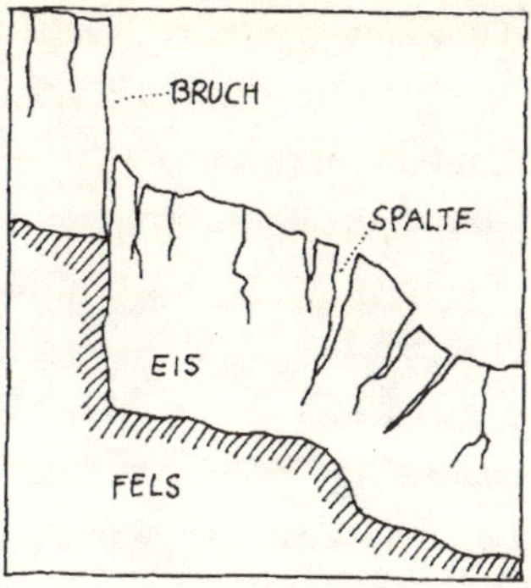

tern sich nach unten hin, V-Spalten werden enger. Auf Seite 118 hat Bal-Bes Glück im Unglück, als es ihm gelingt, wieder aus der Spalte zu klettern. Es muss sich um eine V-Spalte gehandelt haben.

GLOCKENBECHER
Der Becher, mit dem Bal-Bes sich auf Seite 21 die Gastfreundschaft erkauft, wird von den Archäologen Glockenbecher genannt. Gegen Ende der Jungsteinzeit kam dieser Stil in Mode und wurde in Nord- und Westeuropa der Standard. Im Alpenraum ist dieses Geschirr eher selten zu finden.

GROSSE BERGE = Alpen.

GROSSSTEINBAUTEN (Megalithbauten)
Auf Seite 107 findet Bal-Bes Schutz in einem geheimnisvollen Kreis aus großen Steinen. Im Alpenraum sind solche Großsteinbauten selten. Die Megalithkulturen entstanden damals in Küstennähe, besonders im Westen und Norden Europas. Hünengräber in Deutschland und die Kultstätte von Stonehenge in England sind Beispiele dafür.

GRÜNER FLUSS = Inn (siehe Karte 1).

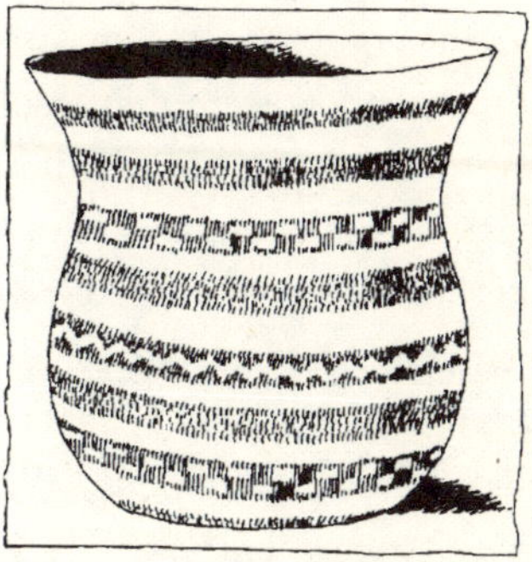

Glockenbecher aus Niederösterreich

HANDEL

Mit dem Sesshaftwerden der Menschen und der Spezialisierung der Arbeit begann auch der Handel. Kupfer, Salz, Muscheln, Bernstein, Obsidian, Feuerstein, Tonwaren und Werkzeuge wurden von Händlern über weite Strecken herbeigeschafft. Der Transport erfolgte über Fußpfade, teilweise vielleicht auch über Karrenwege, da das Rad und somit der Wagen vor 5.000 Jahren schon bekannt waren.

HANDWERK

Am Beginn der Jungsteinzeit stellte jede Hausgemeinschaft selbst her, was sie zum Leben brauchte. In der Kupferzeit gab es schon eine solche Vielzahl an Tätigkeiten, dass Spezialisten, also Handwerker, nötig wurden. Grabbeigaben lassen vermuten, dass es damals schon Bergmänner, Schmiede, Weber, Töpfer, Händler, Jäger und Krieger gegeben hat.

Was in der Dorfgemeinschaft nicht hergestellt werden konnte, wurde durch Tauschhandel erworben (Kupfer, Gold, Salz, Bernstein usw.).

HAUS

Tierschädel, wie in unserer Geschichte der Steinbock, waren Stammes- oder Sippenzeichen. Sie waren über den Eingängen der schmalen, langen Hütten angebracht und hatten die Aufgabe, böse Geister, verderblichen Zauber und sonstiges Unheil dem Hause fern zu halten.

Ach in unserer Zeit, wenn die »Heiligen Drei Könige« ihr C + M + B an die Türen von Bauernhöfen schreiben, erfüllt dies einen ähnlichen Zweck: Unglück nicht ins Haus zu lassen.

Haus vor 5.000 Jahren

HEILIGE TIERE
In Acqtags Erzählung auf Seite 38 kommt ein weißer Steinbock vor.
In Sagen und Märchen aller Länder spielen weiße Tiere eine besondere Rolle. Sie gelten als Symbol für Reinheit und Keuschheit und die Jagd auf sie endet fast immer tragisch.

HIRTENTÄSCHEL (Capsella bursa pastoris)
Suppengewürz beim großen Festessen auf Seite 23. Hilft auch bei der Regulierung des Blutdrucks.

HUFLATTICH (Tussilago farfara)
Unglaublich, was auf Seite 23 alles gegessen wird. Wird auch als Heilpflanze bei Lungenleiden verwendet.

HÜTTEN DER TAU-TAU
Das heutige Sölden, der größte Ort des Ötztals, liegt in der Nähe der Hütten der Tau-Tau (siehe Karte 1).

Huflattich

Das Dorf dieses Stammes, wie viele Siedlungen damals, wurde nicht unten im Tal erbaut. Dort war es sumpfig und Überschwemmungen drohten. Anhöhen, die zu mehreren Seiten steil abfielen und nur einen Zugang hatten, schützten außerdem vor Feinden.

JAGD
Als in der Jungsteinzeit die Menschen sesshaft wurden, verlor die Jagd an Bedeutung, da Haustiere für den Fleischbedarf sorgten. Freilich ging man auch weiterhin auf die Jagd – wegen der Felle und um den Speisezettel abwechslungsreicher zu ge-

n. Jagdbares Wild gab es Bal-Bes' Zeiten in den Ötz- ler Alpen genug: Rothirsch, Reh, Wildschwein, Steinbock, Gämse, Braunbär, Elch, Bison, Schneehase, Birkhuhn, Murmeltier . . . Jedoch – das Mammut und der Höhlenbär waren zu dieser Zeit schon ausgestorben.

Felszeichnung aus Südtirol

KRIECHENDE BÄUME = Latsche, Zwergföhre, Bergkiefer.

KÜMMEL (Carum carvi)
Wie wir auf Seite 23 sehen, wurde auch schon in der Steinzeit diese Pflanze als Gewürz verwendet.

KUPFER
Auf Seite 19 hat Bal-Bes Recht, wenn er meint, Kupfer sei nicht gut für Werkzeuge, sondern eigne sich besser für Schmuck. Erst einige hundert Jahre später, in der Bronzezeit, lernten die Menschen, dem Kupfer Zinn beizumischen. So erhielten sie Bronze, eine Metalllegierung, die dem Stein an Härte und Haltbarkeit überlegen war.

LAND DER HOHEN SONNE = Italien.

LANDWIRTSCHAFT
In den warmen, fruchtbaren Tälern war Ackerbau schon zu Beginn der Jungsteinzeit (5.000 v. Chr.) bekannt. Aus archäologischen Grabungen

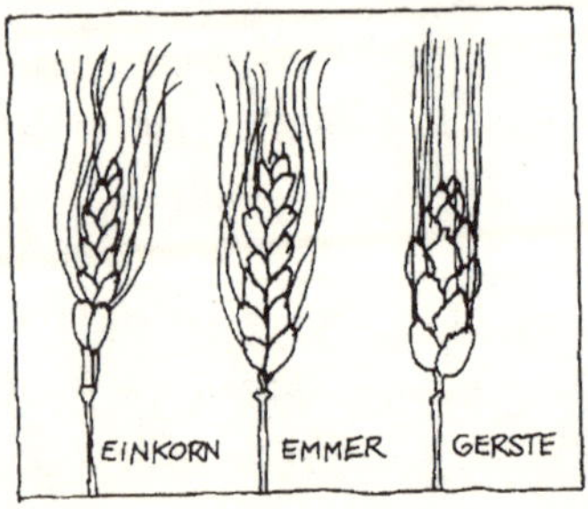

Frühe Getreidesorten

wissen wir, dass hauptsächlich Emmer, Einkorn (zwei frühe Weizenarten), Gerste, später Erbsen und Kohl angebaut wurden. An sonnigen Hängen wurden Äpfel und Birnen gezüchtet.

Die ersten Haustiere waren Schaf und Ziege, später wurden Schwein und Rind heimisch gemacht. Zur Zeit dieser Geschichte etwa wurde auch das Pferd im Alpenraum bekannt.

METHE = Met (Honigwein)
Ein alkoholisches Getränk, das auch heute noch genossen wird.

MUTTERWURZ = Bergarnika (Arnica montana)
Die Blüten und Wurzeln der Pflanze helfen bei Wundbehandlungen und bei Magen- und Herzleiden.

Auf Seite 91 verwendet der Mann ohne Namen diese Pflanze in seiner Suppe.

NARBENZEICHNUNG = Tätowierung
Diese Tätowierung hat der Tote vom Hauslabjoch auf dem Rücken.

Bal-Bes beschreibt auf Seite 121, dass er seine »Narbenzeichnung« im Rahmen eines Rituals erhielt. Bei allen Naturvölkern sind solche Pubertätsrituale üblich. Es sind kultische, oft schmerzhafte Handlungen, die an Jugendlichen vorgenommen werden, um ihre Aufnahme in den Stamm als vollwertige Erwachsene zu feiern. Als (zum Glück nicht schmerzhafte) Pubertätsrituale finden

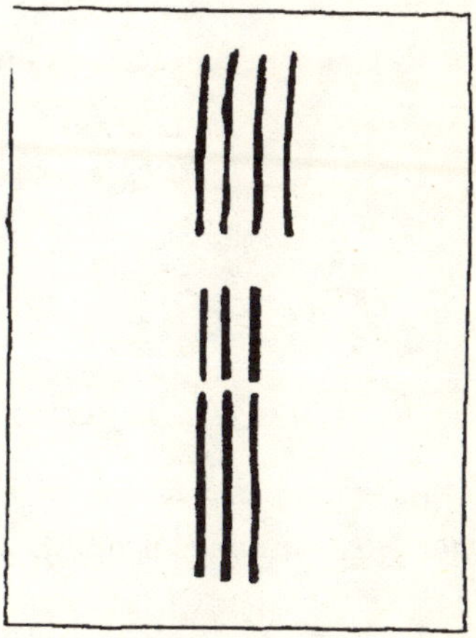

bei uns Firmung, Konfirmation, Bar-Mizwa, Jungbürgerfeiern usw. statt.

ÖTZTAL
Das Tal der Ötztaler Ache ist eines der längsten Seitentäler des oberen Inn. Nach der heutigen Straße sind es 40 km vom Inntal bis Sölden. Bal-Bes dürfte also auf dem damaligen Pfad gut zwei Tage gebraucht haben, um die Hütten der Tau-Tau zu erreichen (siehe Karten 1 und 2).

OS = Gletscher
Gletscher ändern ihre Größe. Vor etwa 20.000 Jahren, gegen Ende der letzten Eiszeit, bedeckten Gletscher den größten Teil der Alpen. Orte, an denen heute Städte wie Innsbruck, Salzburg oder Zürich liegen, waren damals von einer hunderte Meter dicken Eiskruste überzogen. Zu der Zeit, in der diese Geschichte spielt, also vor zirka 5.000 Jahren, dürften die Gletscher der Ötztaler Alpen etwa die gleiche Ausdehnung wie heute gehabt haben.
Wachsen und Schrumpfen der Gletscher erfolgt in regelmäßigen Zeitabständen von ungefähr 100.000 Jahren. Doch auch in Zeiten, in denen Gletscher schmelzen, kommt es manchmal zu verheerenden Gletschervorstößen. Im Jahr 1718 zum Beispiel wanderte eine feierliche Bittprozession hinauf in die Ötztaler Alpen zum Gurgler Gletscher, um dafür zu beten, dass das Eis seine zerstörerische Wanderung nicht fortsetzt.

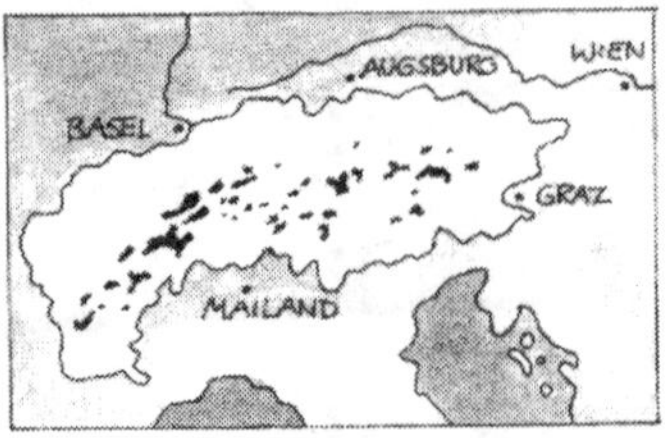

Ausdehnung der Gletscher in den Alpen während der Eiszeit. Schwarz: heutige Gletscher

OS-ACQ = Ötztaler Ache (siehe Karte 1).

OS-ACQ-ABEND = Venter Ache (siehe Karten l und 2).

OS-ACQ-MORGEN = Gurgler Ache (siehe Karte 1).

PFAHLBAUTEN
Wenn Bal-Bes auf Seite 26 von Hütten erzählt, die im Wasser stehen, so meint er damit Pfahlbauten.
An seichten Stellen in Seen rammte man Pfähle in den Grund, legte darüber eine Plattform und errichtete darauf Hütten. Sie waren nur durch eine schmale Brücke oder mit dem Boot erreichbar. Ein guter Schutz gegen Feinde. In vielen Seen des Alpengebiets entstanden damals solche Siedlungen.

PFEILHAND = rechts.

PFEIL UND BOGEN
Beim Gletschertoten vom Hauslabjoch fand man Pfeile und Bogen. Die vierzehn Pfeile aus Hasel- und Holunderholz haben eine Länge von etwa 80 cm und stecken in einem ledernen Köcher. Zwei der Pfeile sind an den Enden mit Federn versehen, um die Flugbahn stabil zu halten. Einige Pfeilspitzen sind aus Stein, einige aus Knochen. Der zerbrochene Bogen besteht aus Eibenholz.

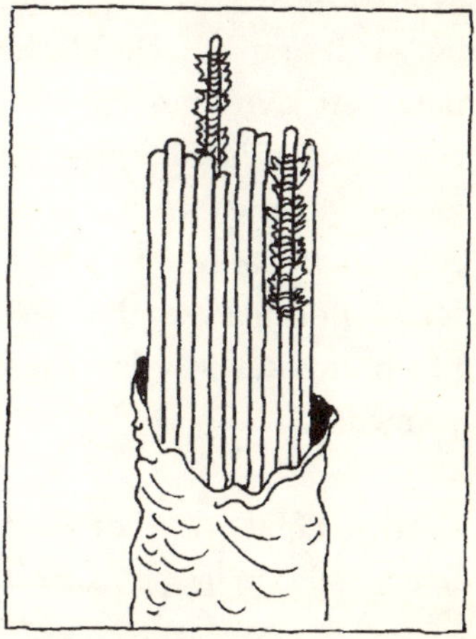
Pfeile im Köcher

RACHE
Mord wird heute durch das Gesetz bestraft. Die Polizei ergreift den Mörder, das Gericht verurteilt ihn. Die Angehörigen des Toten dürfen sich nicht am Mörder vergreifen.

Bei noch heute lebenden Naturvölkern und sicherlich auch vor 5.000 Jahren war Rache das Gesetz. Die Verwandten des Toten waren verpflichtet, den Mörder zu töten. Die Angehörigen des getöteten Mörders wiederum mussten diesen Mord am Mörder rächen. Dessen Familie wiederum . . . Die Rache nahm oft kein Ende. So kam es, dass Familien, Sippen, ja ganze Stämme einander ausrotteten. In Bal-Bes' Fall übernahm der Stamm die Verpflichtung, den Mord an Muir zu rächen.

ROTER PFEIL = Wilde-Röte-Spitze, 2.966 m (siehe Karte 1).

RUCKSACK
Beim Toten vom Hauslabjoch fand man Teile eines Tragkorbs: ein Holzgestell, das mit Leder überzogen war. Das System, beim Tragen das Gewicht auf beide Schultern zu verteilen, findet heute im Rucksack seine Anwendung.

RUNDER-STEIN-DER-HOHEN-SONNE = Mittagskogel, 2.825 m (siehe Karte 1).

RUTSCHENDER SCHNEE = Lawinen.

SCHLANGENMOOS = Bärlapp (Lycopodium clavatum) Wird heute als Heilmittel gegen Blasenleiden und Hauterkrankungen gesammelt. Auf Seite 91 verwendet der Mann ohne Namen diese Pflanze in seiner Suppe.

SCHMUCK
Der Mann mit den Eberhauern in den Ohrläppchen auf Seite 18 schmückt sich so, wie es 785 Naturvölker noch heute tun: Sie erweitern künstlich Ohren, Nasen, Lippen usw. und verzieren sie mit schönen Steinen, Zähnen, Muscheln oder Knochen. Schmuckstücke, die man bei Toten der Kupferzeit fand, lassen auf ähnliche Bräuche vor 5.000 Jahren schließen.

SCHNEEBLINDHEIT

Die Sonneneinstrahlung in Gletschergebieten kann 16-mal stärker sein als im Flachland. Die starke Rückstrahlung des Sonnenlichts vom Eis führt bei längeren Gletschertouren zu Schneeblindheit. Es kommt dabei zu einer Entzündung der Augenbindehaut, in schweren Fällen zu einer Schädigung der Netzhaut, die zu Blindheit führen kann. Der heutige Bergsteiger verwendet eine Schneebrille, die das Auge von allen Seiten vor der gefährlichen Strahlung schützt. Auf der Seite 119 versucht sich Bal-Bes gegen das Licht zu schützen.

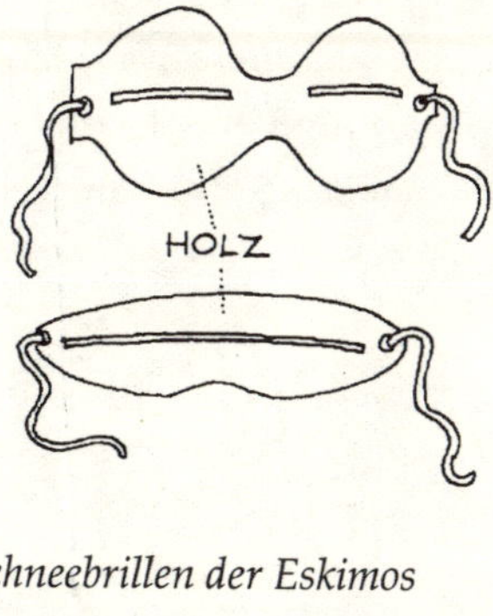

Schneebrillen der Eskimos

Acqtag und Brac haben Schneebrillen, ähnlich jenen, die früher von Eskimos getragen wurden.

SCHNEEHÖHLE

Vom Schneesturm auf dem Gletscher überrascht zu werden bedeutet für jeden Bergsteiger akute Lebensgefahr. In kurzer Zeit kann die Temperatur auf minus 30 Grad Celsius absinken. Tod durch Erfrieren droht. Wenn Brac und Acqtag auf den Seiten 150 und 151 eine Schneehöhle bauen, tun sie genau das, womit auch der heutige Bergsteiger sein Leben zu retten versucht: Sie bauen ein Notbiwak. Drei Kerzen reichen aus, um die Temperatur im Inneren der Höhle bei fünf Grad Celsius zu halten. Das Glattstreichen der Innenwände ist nötig, damit das Schmelzwasser abfließen kann. Die Matte am Boden und das Sitzen auf den Tragkörben hält die Bodenkälte ab.

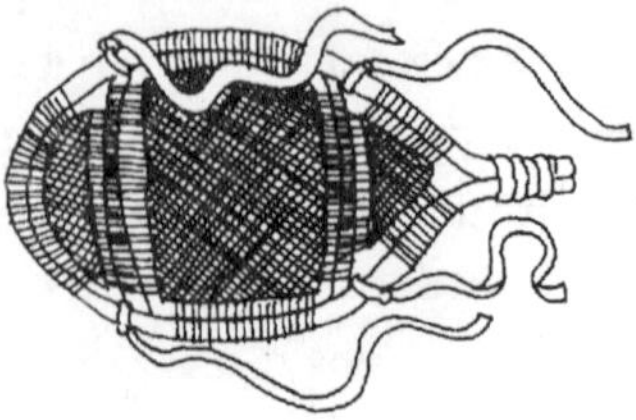

Indianischer Schneeschuh

SCHNEESCHUHE
Auf Seite 146 staunt Bal-Bes über die Schneeschuhe Acqtags. Sie verteilen das Gewicht des Körpers auf eine größere Fläche und verhindern somit das Einsinken des Fußes in den Schnee. Funde bei den Eskimos und in Skandinavien beweisen, dass schon in der Jungsteinzeit Schneeschuhe verwendet wurden.

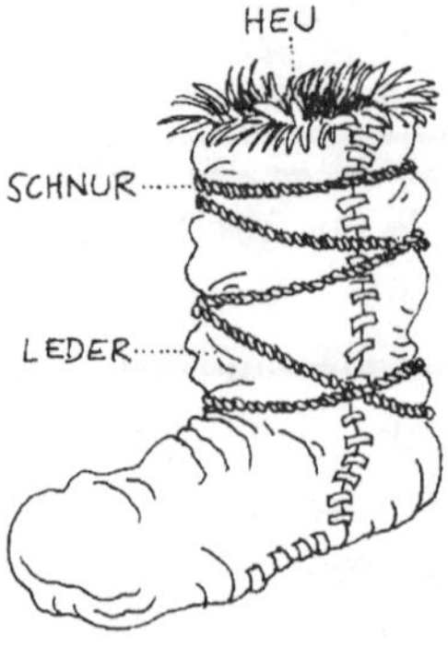

Rekonstruierter Schuh

SCHUHE
Die ledernen Schuhe des Toten vom Hauslabjoch waren mit Heu gefüttert.

SCHWARZDORN = Schlehe (Prunus spinola)
Beim Toten vom Hauslabjoch fand man eine getrocknete Beere der Schlehe. Die Blätter und Früchte dieses Strauchs werden noch heute als Heilpflanze gegen Erkrankungen der Atmungs-, Verdauungs- und Harnorgane gesammelt.

SCHWARZES MESSER = Schwarze Schneide, 3.255 m (siehe Karte 1).

STEINMESSER
Dieses Steinmesser mit Holzgriff wurde beim Toten vom Hauslabjoch gefunden.

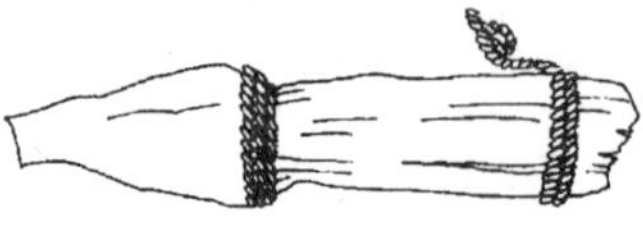

STEINZEIT
Unsere Geschichte spielt gegen Ende der Jungsteinzeit, die auch Kupferzeit genannt wird. Zu Beginn der Jungsteinzeit wurden die Menschen sesshaft, bauten Hütten und betrieben Ackerbau und Viehzucht. Gegen Ende dieser Epoche lernten sie bereits Kupfer zu verarbeiten, doch blieb der Stein immer noch das wichtigste Material für Werkzeuge. Erst in der darauf folgenden Bronzezeit setzten sich Metallwerkzeuge durch.

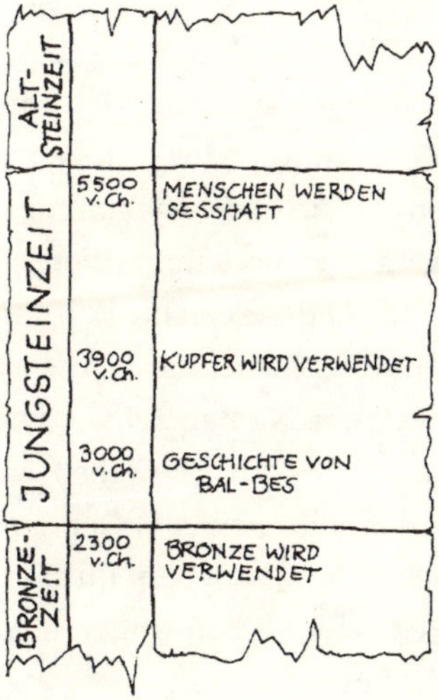

STINKHOLDER = Attich (Sambucus ebulus)
Die Wurzeln, Blätter und Beeren der Pflanze sind als abführendes, harn- und schweißtreibendes Mittel bekannt. Bestandteil der Suppe auf Seite 91.

Attich

TABU
Als Bum-Bum auf Seite 32 das verbotene Wort »Muir« ausspricht, bricht er ein Tabu. Dieses Wort kommt aus der Sprache polynesischer Eingeborener. Dort werden Verbote, bestimmte Wörter auszusprechen, als »Tabu« bezeichnet. Tabus gibt es nicht nur bei allen Naturvölkern –

auch in zivilisierten Kulturen gibt es Dinge, »über die man nicht spricht«.

TALL = Talleitspitze, 3.406 m (siehe Karte 2).

TOTENKULT
Während der Jungsteinzeit wurden die Toten im Bereich der Alpen auf verschiedene Arten bestattet. Archäologen unterscheiden zwischen Brand- und Körperbestattung. Bei der Brandbestattung wird der Tote verbrannt, die Asche dem Grab beigesetzt. Bei der Körperbestattung wird der Körper des Toten entweder in gestreckter Rückenlage oder in Hockerstellung (Seitenlage) begraben. In vielen Gräbern finden sich Grabbeigaben (Schmuck, Waffen, Werkzeuge, Töpfe) und oft sind Tote mit Rötel oder Ocker bestreut. In Hockergräbern sind die Toten manchmal an Händen und Füßen gefesselt.
Die Höhle, in die Bal-Bes auf Seite 70 eindringt, ist sehr trocken. Daher kommt es zur Mumifizierung der toten Tau-Tau.

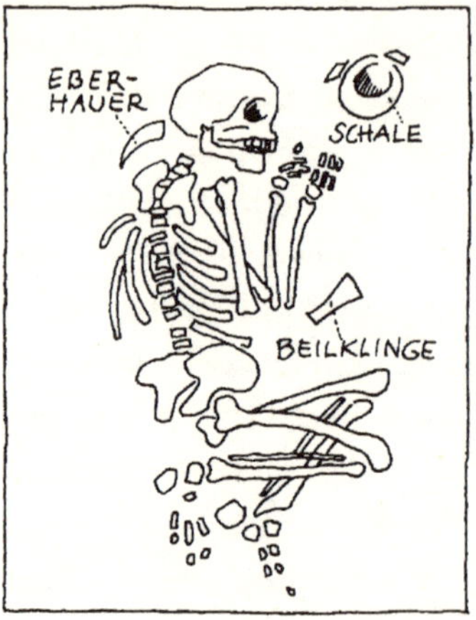

Hockergrab mit Grabbeigaben

VERBANNUNG
Neben dem Tod ist die Verbannung die schwerste Strafe, die über ein Stammesmitglied verhängt werden kann. Die Geschichte Bal-Bes' und das Schicksal des Mannes ohne Namen zeigen, wie schwer es für Menschen ist, außerhalb einer Gemeinschaft zu überleben. Einsamkeit und Entbehrungen sind ihr Los.

WACHOLDER (Juniperus communis)

Wird auf Seite 23 beim großen Festessen als Gewürz verwendet. Die Pflanze findet auch als Heilmittel bei Wassersucht, Gicht und Rheumatismus Verwendung.

WANDERNDES EIS = Gletscher.

WASSERKRESSE (Nosturtium officinale)

Suppenbeilage beim Festmahl auf Seite 23.

WEGWARTE (Cychorium intybus)

Würzt die Speisen auf Seite 23 und hat auch blutreinigende Wirkung.

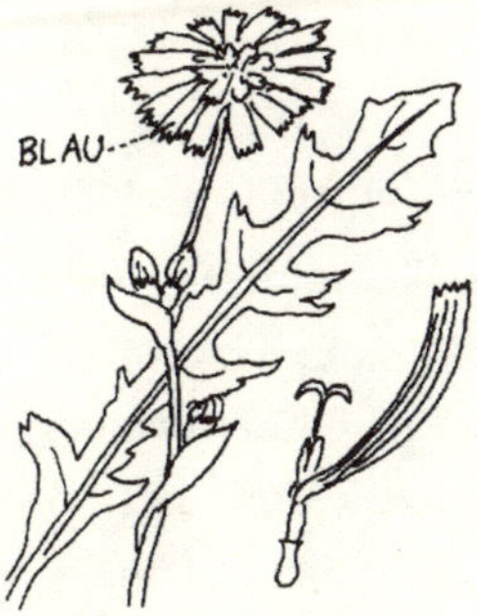

WEISSE FRAUEN

In Acqtags Erzählung auf den Seiten 39–41 kommt eine weiße Frau vor. Weiße Frauen sind besonders im Alpenraum ein beliebtes Sagenmotiv. Sie treten als Beschützerinnen von verfolgten und wehrlosen Menschen und Tieren auf und hüten große Schätze. Obschon gutmütig und sanft, trifft ihre Rache jeden, der ihre Warnungen nicht befolgt. Auch Ambika ist eine »weiße Frau«.

Ganz selten werden Menschen oder Tiere ohne Farbpigmente geboren. Haut und Haare sind weiß; ihre Augen schimmern, wegen des durchscheinenden Blutes, rötlich. Gegen grelles Sonnenlicht sind sie sehr empfindlich.

Diese Ausnahmeerscheinung der Natur wird Albinismus genannt, solche Menschen oder Tiere Albinos. Bei vielen Naturvölkern genießen Albinos großes Ansehen.

WIND-ACQ = Windache (siehe Karte 1).

WOLF-SPIEL
Dieses Stück Holz wurde bei dem 5.000 Jahre alten Gletschertoten gefunden. Für das Spiel »Tot, Wolf, tot« fertigte Acqtag auf Seite 60 ein solches Hölzchen an. Dieses Spiel, ein »Urahn« des amerikanischen Baseball, wurde noch bis vor kurzem von Bergbauernkindern in einigen entlegenen Gebieten der Alpen gespielt.

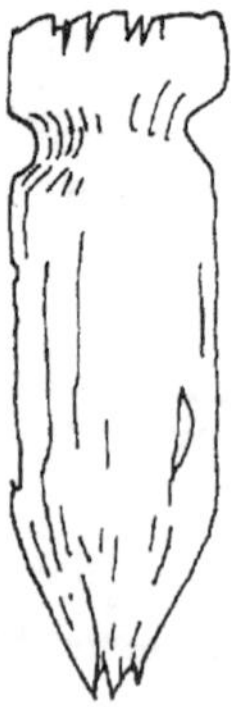

ZAUBERIN
Gestalten wie Muir sind in den Stämmen aller Naturvölker vertreten. Mögen sie nun Medizinmann, Schamanin, Heilerin, Seherin, Priesterin oder Magier genannt werden, sie bilden immer ein Gegengewicht zur Macht des Häuptlings. Ihre Beschäftigung mit den »übersinnlichen Dingen« gibt ihnen oft mehr Einfluss über den Stamm, als den »weltlichen« Anführern lieb ist.

ZAUBERSTEIN
Dieses Amulett wurde beim Toten vom Hauslabjoch gefunden. Glücksbringer oder Amulette sind auch in unserer Zeit nichts Ungewöhnli-

ches. Ungewöhnlich ist, dass dieser Stein auf Seite 164 im Dunkeln zu leuchten beginnt. Dies ist vielleicht damit zu erklären, dass er mit Phosphor eingerieben wurde.

Erich Ballinger

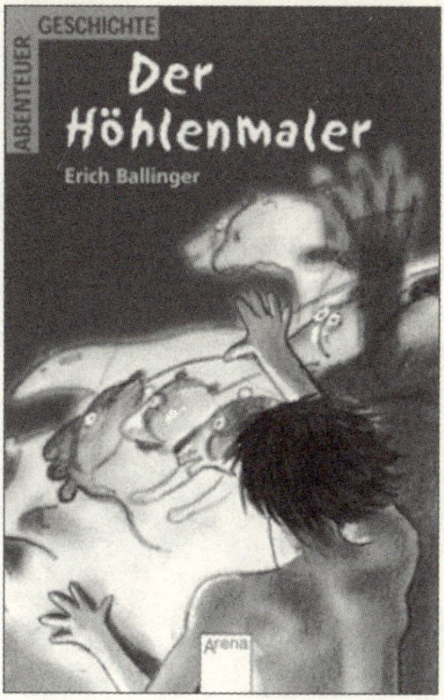

Der Höhlenmaler

Ohne den Schamanen Kull wäre Dreibein längst tot. Kull hat ihn aufgenommen, gepflegt, ihm eine Krücke geschnitzt. Und er fördert seine Begabung zum Zeichnen. Denn Kull wird langsam alt. Er soll neue Bilder an die Höhlenwände malen, aber er scheint keine Kraft mehr dazu zu haben. Die Menschen werden unzufrieden mit ihm. Vielleicht kann Dreibein Kull helfen? Er muss etwas tun, denn sein Leben ist in Gefahr, wenn Kull ihn nicht mehr schützt.

Arena

256 Seiten.
Arena-Taschenbuch.
ISBN 978-3-401-02253-6
www.arena-verlag.de

Gabriele Beyerlein/Herbert Lorenz

Die Sonne bleibt nicht stehen

Eine Erzählung aus der Jungsteinzeit

Fassungslos steht der junge Steinzeitjäger Dilgo vor dem Dorf der Ackerbauern. Wäre da nicht das Mädchen Mirtani, hätte er vermutlich sofort die Flucht ergriffen. Trotz ihrer scheinbaren Überlegenheit müssen die Dorfbewohner schließlich erfahren, dass ihnen nur der Jäger aus den Wäldern helfen kann zu überleben...

Arena

168 Seiten.
Arena-Taschenbuch.
ISBN 978-3-401-01716-7
www.arena-verlag.de